JN124308

# め生える

高瀬隼子

U-NEXT

# 1

汗をかくと、はげが目立つ。髪と髪がくっついて頭皮が露わになるのが嫌で、汗がひくまでトイレの個室にいた。ハンカチで頭と首と、耳の裏を拭いた。滲んだにおいがする。案内された三畳ほどの広さのブースは、クーラーが効いていて涼しい。約束の時間の十五分前にこのビルに到着し、違うフロアのトイレで息を整えてからやって来た佐島《さとう》には、すこし肌寒く感じられるくらいだった。

佐島は木目調の椅子に腰かけ、同じ柄のテーブルに両手を置いた。尻の下がほんのり暖かかったので、直前まで別の客がいたのかもしれない。ブースは半透明の薄い壁で仕切られている。入る時に同じ形のブースがもうひとつ並んでいるのが見えたが、そちらは無人のようだった。天井のライトが、黄色とオレンジ色を混ぜたような色合いをしている。正面の棚には、ヘアセットや髪型に関する雑誌が何冊かと、シャンプーやコンディショナー類の見本品が数種類ずつ。それからかつらが、濃い黒色から明るい茶色、グレイヘア、白髪までグラデーションで並んでいた。サラリーマンカットの形がほとんどだが、かぶれば肩や胸元まで毛先が届きそうな長さのものもある。長髪の形のものも、女性用ではないはずだ。ここは男性用のヘアケアセンターなのだから。

それらは透明な丸い模型にかけられているので、かつらかつらして見えるが、人間がかぶっているところを想像すると、ほんものの髪と見分けがつかないのではないかと思う。何でできているのかは分からないが、プラスチックにありがちなてかてか感はない。光をしっとりと吸収しながら、最低限だけを外に返す、自然な髪の毛の在り方に見える。肌ざわりはどんなふうだろうか、と佐島がそれに触れてみようと腰を浮かせかけた時、ブースの外で「失礼いたします」と声がした。返事をすると、自分と同じ二十代中頃の男が入ってきた。

逃げようとする猫に向けるような、おだやかなほほ笑みを浮かべているが、そんな営業用の笑顔よりも彼のふさふさした髪に目がいく。黒髪の短髪ツーブロックが、きっちり整えられている。ほんものだろうか。生え際やつむじに目を向ける。黒髪に隠れてうっすら見える白い地肌は自然だ。これは多分ほんものだろう。ついじろじろと見つめてしまったが、男はそんな視線には慣れているのか、笑顔を崩さず、なめらかな手つきで名刺を取り出した。

『HAERU　企画営業部販売成長課　本多正志《ほんだただし》』——販売成長課という部署名が気になる。成長というのは何を成長させるんだろう。販売を？　販売は促進されるものではないか？　としたら成長するのは売られた側か、売る側か。どういう人たちが働いているのだろう。

「お話を始める前に、なにかお飲み物はいかがですか」

名刺を取り出すのと同じ手馴れた動きで、本多は雑誌と一緒に棚に並べてあったA4サイズのメニュー表を取り、差し出した。佐島が受け取る時には、にっこりと目元をほころばせて見せた。目を合わせるチャンスがあればその全部の機会でもって、自分が味方であることを伝えると決めているみたいだ、と佐島はすこし苦々しく思い、けれどそれ以上に、確かに安心もしているのだった。自分の顔を見た相手が優しくほほ笑んでくれるというのは、それだけで気持ちが楽になる。許されているような心地がする。

佐島がアイスコーヒーを頼むと、本多は棚に置いてあった電話でそれを伝えてから、向かい合わせに座った。飲み物はどうせおれの分しか来ないんだろうな、一人だけ飲み物を飲むっていうのはけっこう気づまりなんだけどな、と考えていると、扉がノックされ、スーツを着た女性スタッフがアイスコーヒーを運んできた。

本多も男性だし、受付にも男性がいたので、こういうところはスタッフ全員が男性なのかと思っていたが、そういうわけではないらしい。大手企業なのだから当たり前と言えば当たり前だが、何が当たり前なのかは分からない。アイスコーヒーを手に取り、ストローをくわえて一口飲む。きんと冷えている。冷たい流れが佐島の喉を過ぎるのを待って、本多が話を始めた。

「本日は、増毛または育毛のコースをご相談されたいとのことで、ご予約を賜っておりますが」

おりますが、と言ったのに続きはないらしく、本多が促すように佐島を見つめる。佐島は、アイスコーヒーを飲んだばかりなのに喉の渇きを覚え、ねばつく歯と歯茎を引きはがすようにして口を開いた。

「そうですね、あの、見てのとおりなもので」

そう言って、髪が少なくなった頭に手をあてる。とはいえ、佐島の右手の指先は髪が生えている部分に触れている。髪がない、地肌が露出した部分は触れている箇所よりまだ三センチほど先だった。頭の頂点周辺が特に目立つ。前髪もまばらになっていた。本多にじっと見つめられ、佐島は自分の顔が熱くなるのを感じた。

別に、はげだと思われるのは昨日今日に始まったことではない。若年性はげというのか、大学生の時にはすでに薄毛が進行し始めていた。二十歳前後の同級生たちが髪を茶色や金色や紫に染め上げ、ホールド性の高いワックスで自在に形を変えて遊ぶ中で、佐島は地肌にダメージを負わせないよう染めたことのない黒髪のままで、飲み会ではおまえそれやばいな、河童じゃん、とイジられた。

傷ついたが、傷ついたと伝えても仕方がない。安易に共感されるくらいなら、笑われる方が呑み込めるかもしれない。徹底的に嫌悪し恨む理由にできる。共感には悪気がない。まるで味方みたいな顔で近付いてくる。おれ、はげってこと結構気にしてて、触れられるとつらいんだよと言うと、そうなんだーおれもひげが濃いのとか気にしてるから分かるわ、などと返される。何が分かるというのだ。同じように容姿にコンプレックスを抱いているから分かるというのか。そんな発想を抱く時点で全然分かっていない。ひげが濃い？　ばかか。ひげが生えていてそれが濃いからつらい？　ふざけるな。こっちは、生えてこないのだ。生まれてこない苦しみだ。何が分かる。何が。分かるはずがない。

だから佐島は、ビールの泡を飛ばし「知ってるか、河童って尻の穴が三つあるんだってよ」と笑って見せる。幸いにも、じゃあおまえの尻も見せてみろよとパンツを引き下げにくるほど下品なやつは仲間内にはいなかった。ぎゃははとあえて過剰にうるさく笑い、服の上から尻を何度か叩かれるだけで許された。付き合ってきた人間はみんな、それなりに上品で優しく、常識のあるやつらだった。全員が器用に就活をこなして大学卒業と同時に正社員で勤め始め、今でも時々集まって酒を飲む。まともだし気のいいやつらだ。昨今厳しくなったハラスメントやコンプライアンスの話を飲みの肴に出しても、面倒くさがらずに「そういう人たちもいるからな」と受け止めている。それでも、はげは笑っていいものになっていて、笑う。

「接客業をしていまして、大人数の前に出る機会はそう多くないんですが、単純に会うお客さんの数は多くて、見られる仕事ではないのに、会うほどストレスがあるというか。こんなふうでは」

両サイドは同世代と同程度に生え揃っているのも悪いのかもしれない、とそんなふうに思っていたら、ふっと本多が息を吐いた。息の吐き方まで優しいので驚いた。

「ここで私が、気にされているほどではありません、私は自然であるように思います、と言っても意味がないのでしょうね。私はほんとうに、佐島様が気にされているほど、見てのとおりなどと、そんなに悲しい顔をされるほど、髪が少ないようには見受けられません。ただ、こちらにいらっしゃるお客様はみなさまそうなのですが、他人からどう見えるということではなく、ご自身がどう感じておられるか、ご自身が現状のままではつらい、あるいは物足りないと感じていらっしゃる、だから髪の毛を増やしたいと希望している、ということなのだと存じます」

その言葉を、佐島は嚙みしめるように聞いた。何度か頷いて見せながら、その振動で目から涙が飛んでしまいそうだった。そうなのだ、おれは、みんながはげを笑うからとかそういうことだけではなくて、単におれが、おれ自身がこの頭では嫌だから、髪を増やしたいのだ。

本多は、しばし黙り込んでしまった佐島の次の言葉を辛抱強く待っていた。全部分かっていますよというほほ笑みを浮かべた口元と、すこし寂しげな目元が、佐島をますます励ました。どうしたらいいか教えてください、どういう増毛や育毛のプランがあるのかを。

佐島がそう尋ねようとした時に、それは起きた。

はじめ、本多は何が起きたのか分からない様子だった。だからそれは、正面で見ていた佐島の方が正確に把握している。

まずは浮き上がってきた。なんだかわさっとしたな、と思ったのだ。本多のサラリーマンらしく眉毛にかかるくらいの高さで横に流した前髪が、つい今しがたまでワックスで綺麗になでつけられていたのに、急に足場をなくしたかのように乱れた。激しい動きをしたわけでもないのにどうしたのだろうと思って見ていると、何か違和感を覚えたらしい本多が、佐島に落ち着いた笑みを向けたまま、さりげなく手を前髪にやった。その指先が触れた途端、前髪が束になって落ちた。それは二人の間にある木目調のテーブルの上に、ばらばらと広がった。ワックスで固まった表面の部分はその形のまま落ち、それ以外の部分はさらさらと解体する。

佐島がひっと息を呑み、座ったまま上半身を後ろに引いた。本多が驚愕に目を見開く。先ほどまでほほ笑んでいた目と口が、その名残を残したまま引きつった。目元はほころんでいるのに、その真ん中にある瞳からは光が失われていく。弓形の眉が凍る。佐島が足に力を入れて体ごと後ろに引いた、その時に立てた椅子の音が合図になり、本多が立ち上がった。後ろの棚に置いてある鏡を取ろうとしたらしい。勢いよく振り返る。その俊敏な動きに付いていけなかった髪が、根こそぎ落ちた。糊付けもせず頭に載せていただけなのでそんなの当たり前です、とでもいうように、まとまって全部。ずるんっ、という効果音が聞こえたような気がするくらい、それは暴力的な視覚情報だった。

抜けた髪の一部分は勢いが止まらずテーブルから滑り落ち、床にまで散らばった。佐島はそれを青い顔で見た。本多は棚の方へ振り返ったままの姿勢で、鏡に手を伸ばそうとはしない。固まった背中の向こうで、はあっはあっ、と荒い息遣いが聞こえた。始まった、と佐島は思った。何がだろう。けれど始まった、きっと始まったのだ。確信めいた不安を感じ、両手を自分の頭にあてる。両サイドの髪が生えている部分を優しくなでる。

どのくらいの時間が経っただろうか。本多がこちらを向いた。ゆっくりとした動作だったが、ぎこちなさはなく、髪が抜ける前と同じ、自然で丁寧な動きだった。佐島はむしろそのことにぞっとし、本多の顔を見つめた。意識して目を見ようとしないと、視線が勝手に彼の頭の方へ吸い寄せられてしまう。その視線の動きがどんなふうに心を傷つけるか知っているからこそ、目を見よう、目を、と自分に言い聞かせた。

本多は口元にかすかな微笑を浮かべたまま、テーブルの上に散らばった髪の塊を見下ろした。つられて佐島もそれを見る。それはあまりにまるきり全部の髪なので、本多の頭本体のように見えた。

「ご安心ください」

と、本多が言った。佐島が髪から本多の顔へ視線を戻すと、本多は誰もが安心感を抱くような笑顔を浮かべていた。なんだよその笑みは。悲鳴をあげ損なった佐島の喉がぎゅっと締まる。本多はそのおだやかな表情のまま話し始めた。

「今、私の髪が抜けてしまったようですが、すみません、驚かせてしまいましたよね、急なことで。自分でも驚いているのですが、いや、でも良かったです。逆に。こうなったことで今後は弊社の製品を自分自身で、」

本多が唐突に黙った。営業用の笑顔のまま、口だけがぱくぱく開いたり閉じたりしている。なにかを話しているつもりなのだ。ブースに沈黙が降りる。佐島は体を強張らせて本多を見つめていた。しばらくすると、本多ははっと目を見開いて手を口に当て、なでるようにして閉じさせた。それからその手を頭の方にやり、頭皮に張り付いて残っていた数本の髪を払って落とした。目はもう佐島の方を向いておらず、壁や床を向いていたが、なにも見ていないだろうということは、瞬きも忘れた瞼の様子で分かった。両手をこめかみから頭全体を包み込むようにあて、ぐりぐりとマッサージする手つきで動かし始めた。

「冷たい」

重たいつぶやきが本多の口から洩れた。頭皮が冷たいのだろうか。頭を揉む手の動きがどんどんと激しくなっていき、息を絞り出すような呻き声も聞こえた。

佐島は呆然と動けないでいたが――本多は、まずい。本多は、病気だ。助けてあげなければいけない。かわいそうだ――そう思うと、急に体に力が戻ってきた。椅子から立ち上がり、ぱっとブースから飛び出した。叫ぶ。

「誰か！　すみません、誰か来てください！　大変なんです！」

大声を出しながら、事務室があるらしい奥のドアへ向かって行く。背後から物音が聞こえて振り返ると、たった今出てきたブースの扉が閉じられていた。本多が閉めたのだろう。どうしてと考える間もなく、「誰も入って来るな！」という怒鳴り声が聞こえた。先ほどまでの穏やかな口調からは想像できない、悲鳴のような声だった。

奥の部屋から出てきた数名のスタッフが「どうされましたか」と、怪訝な表情を浮かべて佐島に近づいて来る。本多のいるブースはもう静かだ。潜んでいるのだ。佐島は悲しかった。先ほどまで感じていた恐怖はいつの間にか去り、本多を思う哀しみで心が満たされていた。かわいそうだ。はげてしまって、かわいそうな人だ。

「早く！　早く、助けてあげましょう」

佐島は髪の生えた数人と力を合わせて、ブースの扉を開くことに成功した。

○

亜角《あづの》は駅前のドン・キホーテで買ったキャップをかぶっていた。ロゴのひとつも入っていない黒無地のキャップに、きゅっと頭を詰める。銀行のガラス窓に自分の姿が映っているのを、歩きながら横目で見る。スーツにキャップなんて全然似合わない。レジで値札を切ってほしいと言い出せず、ドン・キホーテの隣のコンビニでハサミを買った。

そもそもキャップなんてかぶるのはいつぶりだろう。帽子のたぐいなんて、学生時代に友人と行ったカンボジアで、揃いの麦わら帽子をかぶって旅行した、あれ以来じゃないか。とすると十五年も前か。そう思い至り、一緒に旅行をした野中《のなか》のことを久しぶりに思い出した。

野中とは大学時代毎週のように会って飲んで、旅行にも一緒に行っていたけれど、いつの間にか会わなくなった。同じ大学の同じ学科を出たというのに、おれはダーツ遊具なんかを作るメーカーの営業でたいした給料ももらえないで、あいつはメガバンクに就職した。二十代半ばで早々に結婚を決めた時は、五つも年上の三十歳を超えている女と結婚するなんて、優秀だしいいやつだけどやっぱりはげてるからかな――そう思った。

出会った時は、お互いに十九の誕生日を迎える前だったが、野中の髪はすでに薄かった。はげというより薄毛だった。髪型によっては目立たない日もあったが、太陽の下で頭を下げていたりすると、はっきり地肌が目立った。結婚した後数年の間に子どもが三人も産まれて、最初の二人の時はお祝いを持って野中の家まで見に行ったけれど、三人目が生まれたと連絡がきた時はまたかと思っただけで、忙しいとかなんとか言って祝いの品を郵送して済ませたのだった。何を贈ったのかも思い出せない。おむつケーキか、スタイか靴下のセットだったか。人に子どもが産まれる度に、そういうものを順繰りに贈っている。おめでとう良かったなと、ほんとうに思ったのはいつが最後だっただろう。

黒いキャップに日差しが集中して暑い。一度外して、頭を空気にさらしてしまいたい衝動にかられるができない。ほんの一センチほど浮かせて、周りからキャップの中が見られないようにひっそりと空気を挟む、それだけでも動悸が速くなる。

野中とは長い間会っていないが、年賀状は毎年届く。亜角からは送っていない。年賀はがきを買うのも書くのも面倒だし、職場内での年賀状のやり取りも原則行わないことになっている。野中の年賀状には三人の子どもが必ず写っていて、当たり前だが毎年少しずつ大きくなっていた。子どもの後ろには車や家や家族旅行で撮ったきれいな海なんかが写り込んでいた。奥さんの姿は時々写り込んでいたが、野中自身が写っている写真はなかった。〈年賀状届いたよ。あけおめ〉とメッセージを送り、何度かの往復でその一年の近況を伝え合うのがここ数年の習慣になっていた。とはいえ、野中と違って家族がいない亜角の近況は一年で大きく変わりはしない。部署を異動になったとかそのくらい。あとは年々腰痛がひどくなってるわ、と自虐を書いて送った。野中から、〈おれは腰痛や肩こりとかないんだよなー。はげはますます進行してるけど（笑）〉と返事がきた時、亜角はこたつに寝そべっていた体を起こして座り、しばらくスマートフォンの画面に見入った。自分からこんなことを言うやつだったっけ、と野中の顔を思い出そうとしたが、浮かんできたのは目や鼻や口のパーツではなく、まだらに髪のなくなった頭の方が先だった。

　おれもそうなるのか。亜角は黒いキャップの上から自分の頭をなでる。おれも、目や鼻や口より先に、頭のことを思い出されるようになるのか。指先に感じるのは熱くなった皮膚ばかりで、髪の気配はちくりともない。頭を掻いた時にざりざり髪と髪が触れ合う音がしていた、そんなことを思い出して息が止まりそうになる。昨日突然こんなふうになって、今日は仕事を休んだ。育毛や増毛で有名な会社のカウンセリングを予約して出かけたが、出てきた男はウィッグばかり勧めてきて話にならなかった。そもそもあんなに髪が生えているやつが対応するなんて非常識だと腹が立ち、結局なんの施術も受けずに出てきた。時間の無駄だった。おれは髪を元に戻したいのだ。にせものの髪を乗っけるんじゃなくて、ほんものの髪を生やしてほしかった。病院に行くべきだったのかもしれない。だが病院に行くということは病気かもしれないということだ。病気では笑えない。野中のことをおれは笑ってきた。はげは病気じゃないからだ。

早足で歩き、次々に人を追い越して行く。キャップの中がますます暑くなり、たまらず公園の公衆トイレに駆け込んだ。個室に入って鍵をかけ、キャップを取る。ハンカチで額から頭の後ろ側まで一気に汗をぬぐった。公園で遊んでいる子どもたちの笑い声が聞こえる。腹の底から叫び切るような笑い声だった。なにがおかしい、と苛立つ。子どもの頃は運動ができるやつがもてた。ゲームがうまいやつも人気だった。年齢が上がるにつれて、勉強ができるやつが一目置かれるようになったし、身長が高いやつと、筋肉が付いていて痩せた体型のやつが良いとされるようになった。社会人になってからは、安定した年収があるやつがもてはやされるようになって、見た目は学生時代ほど重視されないようになった。目や鼻のパーツの細部まで見られるんじゃなくて、よっぽどひどくなければ太ってなきゃオーケーで、痩せてればなお良し、筋肉が付いていればさらに良いが、なくても可。格好の良さよりも清潔感を求められた。ただし、はげは除く。

おれはもてていたんだっけ、と亜角は考える。恋愛的な意味でだけではなく、友だちが多かったっけ。運動はそこそこで、勉強はまあまあだった。子どもの頃よりも、大人になってからの方が人に嫌われなくなったような気がする。痩せていたし、清潔にしていたし、顔はどうだか分からないが、髪がふさふさで豊かだったから。四十歳が近付いてきているが、結婚だってしようと思えばいつでもできる、そんなつもりでいた。

左手で固く握りしめていたキャップを目の高さに持ち上げて、まじまじと見つめる。帽子ってこういう形だったたか。頂点にボタンのようなでっぱりが付いていて、そこから放射状に何本かラインがひいてある。平面に広げたら、子どもの描いた花の絵みたいになりそうだ、と子どもが描いた絵なんて自分が子どもだった頃に見たきりなのに思う。野中だったら、もっと別のたとえを思いつくのかもしれない。

「死にたいな」

それは自分の喉から出た声だった。トイレの個室で何言ってんだ、誰かが聞いているかもしれないのに。亜角はキャップを持った手をセンサーにかざす。尻の下で水が流れてすこし涼しくなる。じゃあああ、というその音は思ったよりも小さく、心もとなくなる。こんなので何が隠せるんだ。

死にたいな、と口に出してみるとそれは、前からずっと思っていることのように思えた。髪が抜け落ちたからではなく、こんなことになるずっと前から、ただ死にたかったのだと。でも、だとするとおれはなんで死にたいんだろう。死にたくなることがあったか。野中の顔が浮かんだ。今度ははげ頭じゃない、目と鼻と口もある、全部が思い浮かんだ。野中、おれは死にたいよ。

それから思う。野中にはもう一生会うことはない。年賀状がきても、もう連絡することもない。

外から「まじ仕事だるいわ。戻りたくねえ」という男の声が聞こえた。男はその後も何か話し続けていたが次第に遠ざかって行った。電話で話しながら公園を突っ切って行ったのだろう。分かる、と亜角は共感する。仕事に行きたくない。職場の同僚、上司、部下の顔がいっぺんに頭に浮かぶ。明日、どんな顔で出勤すればいいのか。そもそも顔なんか関係ないか。どうせ全員、顔じゃなくて頭を見てくるんだから。

行きたくない。仕事に、行きたくない。行かなくていいようにするには、どうしたらいい。

尿意はなかったが体の力を抜くとしょんべんが出た。亜角が立ち上がると、センサーに手をかざすより先に、自動で水が流れた。個室を出て手を洗う。鏡に映る自分の姿のうち、目と鼻と口といった顔の中心だけを見るようにする。目で追わないまま両手でぐっとキャップを押し付けて深くかぶる。息を吐いてその場を離れようとした、その時、トイレに髪のふさふさしたものが入ってきた。

鏡越しにその姿を目で追う。子どもは亜角の腰くらいの身長だった。十歳くらいだろうか、と野中の年賀状に写っていた一番上の子どもの姿と重ね合わせる。白のストライプが入った緑色のTシャツを着ていた。小便器の前に立った。

その後ろ姿を亜角は見ていた。柔らかそうな黒色の髪はすこし伸び過ぎているように見える。Tシャツと襟足の間の細い首に、汗で濡れた髪先がちらちらとかかっている。子どもの髪の毛というのは、こんなにさらさらだっただろうか。亜角はいつのまにか息を潜めて見つめている。子どもの手足はまっくろに日焼けしている。その分髪だって紫外線を浴びているはずなのに、まるでまっさらみたいだった。なでたら気持ちがいいんだろうな、と子どもの頭をなでたいなどと一度も思ったことがないのにそんなことを考え、亜角はひんやりと苦笑する。殺した息が苦しかった。

子どもが小便器を離れ、亜角がいる洗面台に近づいて来る。ちらりとこちらを見上げ、ほんの一瞬、亜角のかぶるキャップに視線を送った。それは、子どもながらにスーツ姿とキャップというアンバランスさを不思議に感じての一瞥だったのかもしれないし、単に自分もキャップをかぶったことがあるので視線が引き寄せられただけかもしれない。しかし、亜角は子どもの表情に、他人をばかにして笑う準備をしているような、頬の引きつりを見た気がした。

亜角は蛇口に手を伸ばす子どもの後ろに素早く立った。髪の生えた小さな頭を見下ろす。そして、鞄からハサミを取り出した。

○

真智加《まちか》に初めてそのニュースをもたらしたのはテラだった。一限の教養科目をあくびをかみ殺しながらこなした後、三限の語学まで図書館に行こうかと思ったけれど言い出せず、同じ授業に出ていた四人で学食の隅のテーブルを囲み続けていた時のことだ。

からあげとサラダ付きのカレーをすぐに食べ終え、皿に付いたカレーの残りが平たく乾燥していくのを脇に押しのけて、スマホをいじりながらおしゃべりをしていた。テラ以外の二人の名前を、真智加は時々思い出せなくなる。一年以上同じ大学にいて、時々はこうして昼食を一緒にとる仲なので、普段はもちろん覚えていて名前を呼んで話すのだけど、ふと、えーとだれちゃんだっけ、と取り出すべき名前が見当たらなくなる。そんな時は、頭の中で、どちらの方向のどの深さのところにそれが仕舞われているのか、なんとなくの場所すら見失って途方に暮れてしまう。その時もそうだった。真智加の隣にテラが、向かい側に名前を思い出せない二人が座っている。ほんのついさっきまで名前を呼んでいたのにと思うと余計に焦る。テラの正面に赤いスマホケースの子、真智加の正面に花柄のスマホケースの子が座っていた。二人とも明るく染めた茶髪にはっきりした顔に見える化粧をしていて、似ている。

まどろみと時間が過ぎていく焦りがそれぞれ独立したまま重なり合ったような空気の中で、テラが注目を集めるための合図として背もたれにのけぞっていた体を勢いよく前に倒した。頭の高い位置で結んだ長いポニーテールが勢いよく揺れる。

「えーっ、まじで、これ」

「なになに、どしたん」と、赤いスマホケースが顔を上げて言った。

「なんか、みんなはげるってさ」

テラがスマホをこちらに向けて差し出した。画面保護シールの端がめくれている。みんなで画面を覗き込む。頭を近付け合うと、お互いの髪の匂いがもつれて甘い。

シャンプーやワックスの嘘みたいな花の香り。画面に表示されていたのは、ＳＮＳの書き込みだった。画面をいくつもスクロールしないと読み切れない。たくさんの言葉で訴えている人がいるようだと分かった。

「先週、いきなり髪が全部抜けちゃったんだって。この男の人、二十代だって。こんな若くてはげるわけないって病院に行ったけど病気じゃない、ただのはげだって言われて。でもそれまでは普通にふさふさだったのに、一日で全部抜けるなんて病気以外ありえない、ちゃんと検査してほしいって医者に訴えて、精密検査を受ける予定だったんだけど、自宅に帰った後で医者から電話があって、診察してくれた医者も同じようにはげたって分かったんだって。同じようにいきなり、全部」

「はげが感染したってこと？」と、花柄のスマホケースがテラのスマホに視線を向けたまま言う。

「かなあ。医者から、同じ部屋にいた看護師さんとか、事務の人とか、病院の清掃係の人とか、他の患者さんとかもみんなどんどんはげていってるって聞かされて、その人は、自分のせいだ自分がはげをうつしちゃったんだって焦るんだけど、数時間後に医者からまた電話がかかってきて、このことは誰にも話すなって言われたんだって」

「なんで?」

「パニックになるから」

「あー、わかる」赤いスマホケースが頷いた。

「わかるんかい」

笑いが起きる。辺り一面に響きわたるような笑いだった。刺激されて真智加も笑う。いつもの流れだと、おもしろい話——それは嘘でもほんとうでもよかった——をしてひと笑い起きて、そうすると次の話に流れる。別の人の話すターンになる。そういえばさあ……とそんなふうに、この話も流れていきそうだったが、「それってさ」と、気付けば声をあげていた。テラが真智加の顔を見る。ぐっと息を呑み込みそうになるのを堪えて、「それってほんとなのかな」と続けた。

「えー?」

テラが首を傾ける。顔は笑っているが、笑っているにしては、声がちょっと低い。赤いスマホケースと花柄のスマホケースの二人はもう自分のスマホに視線を戻していた。なにもかもが速い。自分もそのスピードで息をしているはずなのに、真智加は時々取り残された気持ちになる。けれどそれは気持ちだけで、体も声も走り続けているから、置いて行かれてはいない。少なくともそう見えると思っている。

「どうだろ。ほんとだったらだいぶやばいけど。うちらもはげるってことでしょ。めっちゃ嫌じゃない？　はげとか」

「うん、やだね」

答えながら、真智加は一瞬だけ強くつむった瞼の裏で祈る。まじで、ありえないけど、どういうことなのか分からないけど、どうかほんとうでありますように。

やだね、と言った真智加の目を覗き込むようにして、テラがにっこり笑う。目がまんまるになって、口角がぐっと上に上がる。ピンクのリップを塗った唇が艶やかに光り、それが、人々の声がざわざわと塊で聞こえる学食の雰囲気にぴったり合っているように感じた。それで、そうだ、眉毛、と思い出し、「トイレ行ってくる」と言って席を立った。一緒に行こうかー？　とテラに声をかけられるが首を横に振る。大丈夫、と答える。トイレ、一人で行けるから大丈夫。いつもしているけど、変な会話だ。小さな子どもじゃない、二十歳を超えた大人同士なのに、トイレに一人で行くのが大丈夫かどうか、頻繁に確認し合うし、時々、大丈夫じゃない時もある。そういう時は付いて行ったり、付いて来てもらったりする。テラ以外の子たちの、いってらっしゃーい、と合唱する声に送られて学食から出た。急に耳が静かになる。生協の隣にあるトイレに向かう。鞄から取り出したポーチが揺れる。

女子トイレに三つ並んだ洗面台のうち、出口に近い台の前に立って、鏡を覗き込む。髪がだいぶ伸びた。暑い。まとめてきたらよかった。でも、ポニーテールはテラとかぶるし。そんなことを考える。ほんとうはポニーテールが一番都合がいいのに。ため息を吐いて、前髪を指で払った。

真智加は、眉毛が薄い。剃りすぎて薄くなったわけではない。子どもの頃から薄いのだ。眉頭は人並みに生えているが、眉の真ん中から眉尻にかけての半分ほどはまばらにしか生えていない。

高校までは化粧が禁止で、眉毛を描いていったら校門で呼び止められ、職員室横のトイレで顔を洗わされた。職員室横のトイレには化粧落としオイルまで置かれていて、なんでそこまでして顔を暴くのかと腹の下辺りが怒りで熱くなった。まつ毛を増やしたわけでも、頬をピンク色にしたわけでもない。眉毛が生えないから描き足しただけなのに、許されなかった。派手になるためでも美しくなるためでもない。みんなにはあって、自分にだけない眉毛。普通になるための、ないものを足すための化粧の、何がだめだったんだろう。今でも分からない。

ポーチからアイブロウペンシルを取り出して、眉毛を描き始めた。朝描いた形からすこし崩れて薄くなっている。これだから夏は嫌だ。大学に来るまでに汗をかいたせいだ。眉頭に点を打ち、眉尻と決めた場所に向けて一本一本独立した線を細かく描き入れていく。ぱらぱらとこぼれた茶色の粉がまつ毛の上に載る。

休みの日も、家から出なくて誰とも顔を合わせなくても、眉毛を描く。自然と描くのがうまくなったし、アイブロウペンシルの種類も増えた。眉の形や色次第で、真智加の顔は意志が強そうにも、気弱そうにもなった。優しそうにも、勝気そうにもなったし、冷たい印象を相手に抱かせることもできた。自分の中身はなにも変わらないのに、顔どころか眉ひとつで、ただ目の上に生えている毛だけで——しかも真智加に関しては十分に生えてすらいない、こげ茶や黒のペンで描いているだけの、つまりは絵で――人柄まで変わって見えるのはおもしろかった。

今描いた眉毛は、真智加の顔を穏やかそうに見せている。その眉毛につられて、真智加はくつろいだ気持ちになる。良い具合に描けたのでいとしい。

アイブロウペンシルをポーチにしまって、もう一度鏡を見た。眉毛を描くために左右に分けていた前髪を、手櫛で戻して整える。せっかく描いた眉毛が前髪に隠れる。真智加はずっと眉毛が隠れる長さの前髪をキープしている。それでも毎日、何度も眉毛を描き直してしまう。自分でどうにかできるものは、どうにかしたい、と思っている。

自分ではどうにもならないものもあるから。ため息をつく。鏡の中の自分は、今日も、髪の分け目がはっきりと目立っていた。これははげじゃなくて分け目。そう思ってみる。そう思ってみる、と思っているからこれはやっぱりはげだ、とも思う。

黒い髪の間で頭皮が白く、視線が吸収されるけれど、それはよく見たら白ではなくてピンク色をしていると分かる。分かる頃には、はげだ、と思う。自分でもそう思うのだから、みんなはもっと遠慮なく思うのだろう。髪が生えていないわけではない。髪は生えている。なのにどうして髪より頭皮が目立つのか。美容室では髪が細いと言われる。生えている髪が細いから、髪と髪の間の頭皮が隠せていない。それでは、はげとは隠せていない状態を指すのか。髪によって頭皮を隠せていないことがはげているということか。生えた髪は長く伸ばしているから、それによって髪の分け目と頭頂部以外は覆われ、頭皮が隠されて、はげていない。腋毛も陰毛も腕の毛も脚の毛も、口周りのうぶ毛も人並みに生えるのに、どうして髪とか眉毛とか、欲しい毛だけが満足に生えてくれないのだろう。

みんなはげてしまうならいい。一人残らず、一本も残さずに。

廊下から騒がしい声が聞こえて、トイレのドアが開く。数人、束になって入ってきた。真智加はそのドアが閉じない内に入れ違いで出て行く。テラたちが、自分がいなくなった後ではげの話をしていないといいなと思う。もう大人だから、こうでありますようにと願うほとんどのことが、叶わないこともすこし知っている。

## 2

はだかとはだかとはだか。肉だらけだった。

みんなに髪の毛があった頃は、こんなに肉だらけだと感じることはなかった、と真智加は思う。たぶん。ほんの五年前のことなのに、もうしっかりとは思い出せない。感覚的なことについては特に。

皮膚の色が並ぶ間、間に、黒や茶や白が混じって、視界を落ち着かせていた。今はみんなつるんとしているせいで、目が滑る。化粧の落ちた顔もみんな一緒に見える。胸と腹と尻の形と肉の付き方の違いが、それぞれ別の人間なのだと主張しているが、その全部が同じ色なので、はだかはだかはだかとやはり目が滑り、滑った先には股間に生えた陰毛があって、その黒々した毛の集まりの、他人のものをまじまじと見つめるわけにもいかず、追い出されるように視線がまた滑っていく。笑える。おもしろいからではないが、安心して。

風呂は混んでいた。真智加は露天風呂に入りたかったが、十人ほどが等間隔に散らばって浸かっていて、新規参入の余地がない。仕方なく内風呂に入る。こちらも露天ほどではないが人が多い。胸の平たい若い人と、乳輪が大きな若くはない人が段差の端と端に分かれて腰かけている。奥には肩まで浸かって目を閉じているお年寄りが二人と、足を伸ばしてぼんやり壁を見つめている若くはない人がいた。もう一人、中で正座でもしているのか、肩甲骨から上が湯から出ている人がいたが、後ろ姿なので年齢が分からない。

髪があった頃は、後ろ姿だけでもなんとなく年齢の予想がついたものだけれど、ほとんどの人の頭から髪がなくなった今、ましてや全員がはだかで化粧もしていないとなると、若いか中年か年寄りか、大人は三種類くらいにしか見分けられない。

真智加は段差の真ん中からそっと降り、膝を折って湯に沈んだ。誰からも均等に離れようとして、ちょうど湯舟の中心に落ち着いた。腹から息を吐くと、息が抜けたところから順にあたたまっていく心地がする。手の甲で、眉毛を流すように額に触れる。自然と瞼が下りる。肩の上まで湯に浸かると、首の真ん中辺りの皺の隙間に、湯の表面が差し込んでいる感覚がする。自分の呼吸で体が膨らんだり縮んだりしている。表面から順番に体がほどけていく。

「磯部さんとこもようやく髪が抜けたんだってね」

「そうそう、今度からお風呂ご一緒させてくださいって連絡あったわよ」

話しているのは二人組のお年寄りだった。まだ髪が抜けていない人がいたのか、と驚く。中高生ならともかく、大人でこれから髪が抜けるなんてことがあるのか。とっくにみんな、はげてしまったと思っていた。目を開けて横目で年寄り二人を見る。七十歳くらいか、もしかしたらまだ六十歳くらいかもしれない。髪がないと十歳程度の違いは全然読めなくなる。

「ようやくわたしも抜けたんです、なんてわざとらしいけどねえ。あの人、ずっとかつらだったんでしょう」

「今はかつらって言わないらしいわよ。ウィッグでしょ、ウィッグ。あれってつまり、この五年の間にはげたんじゃなくて、むかしからそうだったってことでしょう」

「隠してたのねえ。みんなの髪がなくなったタイミングで言えば良かったのに、言えなかったのかしらね。なんだか、かわいそうで」

かわいそうと言う割にはずいぶん朗らかな声で、だから今度からお風呂にもお誘いしてあげましょうね、そう言い合っている。真智加はなるほど、と頭の中で頷き、そろそろ露天が空いただろうかと確認するために立ち上がった。

濡れた床で滑らないように慎重に歩きながら、わたしもテラもすっかりはげてしまったから今でも友だちでいられるのかもしれない、とそんなことを考える。腹から熱い息を吐く。

露天とサウナに何度か繰り返して入り、たっぷりかいた汗をシャワーで頭から全部流した。最初にざっと体を洗ってはいたが、ボディソープを泡立てて、もう一度頭の先から丁寧に洗い直した。みどり湯にシャンプーはない。ボディソープのボトルだけ備え付けで置かれている。最近は、温泉やスーパー銭湯でもシャンプーを置かないところが増えた。髪がある人には、受付で使い切り個包装タイプのシャンプーとコンディショナーが配られるのだと聞いたことがあるが、直接見たことはなかった。頭皮用ソープというのも売られているけれど、ここには置いていないし、真智加も普段から使っていない。頭はボディソープで洗うか、洗顔クリームで顔と一緒にまとめて洗っている。洗面台で頭まで洗えてしまうので、面倒で風呂に入らない日もある。体は一日二日程度洗っていなくてもばれない。これまでは、髪を洗うために毎日風呂に入っていたのかもしれなかった。

毎日の風呂は面倒なのに、温泉には何度でも入りたくなるというのは不思議だ。みどり湯のポスターにも『髪がないだけで、お風呂がもっと楽しい！』という謳い文句が書かれている。実際、髪がない人たちの間で温泉ブームが起こった。温泉は元から一定の人気と需要があったけれど、髪がないだけで、こんなに入りやすくなるものかと思う。今では生理の週以外はだいたい温泉に通っている。一人暮らしを始めたアパートの近くに、みどり湯があったのも大きかった。

体を拭いて脱衣所に上がる。ざっくりとバスタオルで体を拭き、Tシャツとパジャマ代わりにしている七分丈のやわらかいズボンを穿く。ポーチを持って鏡の前に置かれた椅子に座り、手のひらにたっぷりだした化粧水を、頭の上からかぶるようにつけていく。頭の頂点、垂れてきた筋を伸ばして、おでこ、頬、口の下、首まで。目の前のテーブルには、化粧水と乳液とコットン、綿棒が置かれている。

以前はこういうところにドライヤーも置かれていた。混み合っている時には髪を乾かす列ができていたのを覚えている。せっかくあたたまった体が順番を待っている間に冷えていって、湯上りどころで牛乳を飲む頃には、ぬるくなってしまっていたのだった。

今、体はまだ熱くほてっている。乳液で蓋をした肌の下からじんわり汗が滲んでくるのを、手のひらで押さえつけ、真智加はじっと鏡を見つめた。鏡に映る自分の頭には髪が生えていないので、Tシャツから伸びている首から上は、まるっと同じ肌の色だった。その中で唯一黒く、眉毛が生えている。それをじっと見た。生えているけど、やっぱり他の人より薄い。はげて、前髪がなくなったから、眉毛がないのも目立つ。

化粧、というか眉毛を描くのがうまくって良かった。ポーチからアイブロウペンシルを取り出して、さっと簡単に描いた。一番描きなれている、くつろいだ優しい感じの印象がする形。眉毛が描かれるだけで、化粧しているふうの顔になる。

隣で化粧水を塗っていた人が日焼け止めを取り出し、頭の頂点から後頭部、側頭部全体へ塗り広げた。頭を全部塗ってから、鼻先とおでこ、両頬にちょんちょんと付けて伸ばし、顔全体にも塗り広げる。塗り方がわたしと同じだ、と真智加はそっと思う。日焼け止めは頭の後ろ側まで徹底的に。塗りむらがあったらださいことになる。

真智加は日が陰ってくるまで一時間ほど時間を潰そうと、湯上りどころに向かった。カウンターに立つ男性スタッフが暇そうな様子でテレビを見上げている。生ビールと枝豆、冷やしトマトの食券を買って店員に手渡し、畳のスペースに上がると、一番奥の席に座った。座布団にあぐらをかく。真智加の他には、離れた席に夫婦らしい二人連れがいるだけで、閑散としている。やたらと音量が大きいテレビではワイドショーが流れていて、高額な毛生え薬を買ったものの効果が見られず販売元とも連絡が取れなくなった、というトラブルを訴える女性が映っていた。

一本三十五万円！　コメンテーターの驚愕した顔と「35」という赤字がでかでかと表示される。三本セットを勧められたんですけどまずは試してみたいからって一本だけにしておいたのは不幸中の幸いでした。そう話す女性は三十代半ばくらいだろうか。赤茶色のロングウィッグをつけている。きれいな色だけど前髪の流れ方がちょっと不自然、と真智加は思い、自分のその厳しさがすぐ嫌になる。三本セットだと百五万円ですか！　とコメンテーターが目を見開いたのに対し、赤茶色のウィッグの女性が首を横に振って、おまけしてぴったり百万円ですからお得ですよって勧められました、わたしは買いませんでしたけど、同じ講習会に出ていた人は何人も購入されていましたよ、そう話す。頷きながら話を聞いているコメンテーターは男性で、こちらはウィッグをかぶっていない。自分のはげ頭を指さして「そんなに嫌ですかねえ、この頭！」と勢いよく言い、誘い笑いを浮かべたが、テレビを見つめる真智加は笑わない。

「百万円」

心の中で思ったつもりが、小さく声に出してつぶやいていた。とはいえ周りに人がいないので、それを聞いた者はいない。離れた席でビールを飲んでいる夫婦を気にして見る。二人とも湯上りらしくさっぱりして見える。真智加と同じ、後は帰って寝るだけといったラフな格好で、色違いの綿のズボンを穿いていた。お揃いにしたというより、量販店でまとめて買ったものなのだろうと思う。二人ともはげている。女性の持つビニール素材のかごバッグから、まるめたバスタオルとウィッグが覗いていた。ウィッグは短髪の黒色でほんのすこし毛先がカールしているタイプだった。帰りにつけるのかもしれない。風呂帰りにパジャマのような格好で道を歩く抵抗はなくても、髪がないまま道を歩くことに抵抗がある人はいる。

中学生の時に、お小遣いで育毛剤を買った。ドラッグストアに売っていたそれは、三千二百円で、白いボトルに紫の花の絵が描かれていた。その絵は祖母が集めているきれいな箸袋コレクションの中にありそうで、十三歳だった自分が持つには違和感があるデザインだった。レジの列で真智加の前に並んでいた女の子は隣の中学の制服を着ていて、手には色付きのリップクリームとマスカラを持っていた。真智加は育毛剤のボトルが見えないように、自分の手のひらと腕で隠した。その子は一度も真智加の方を振り返らなかった。レジの店員はくっきりした眉毛の、髪がびっしりと生えた女の人だった。その人はお金を手渡す時、生え際を見てきた。真智加はそのことをずっと覚えている。

高校生でバイトを始めて多少お金が自由に使えるようになると、ドラッグストアではなく美容室で勧められた育毛剤を買うようになった。ひと月分が五千円くらいした。紫の花の絵の育毛剤は薬っぽい匂いがしていたが、美容室の育毛剤は花の香りをかいだことがない人が作った花の匂いといった感じの、悪ふざけのような甘い匂いがした。グラデーションになった水色のシンプルなラベルは、化粧水のボトルと一緒に洗面台に並べていても目立たない、おしゃれな化粧品のひとつに見えたけれど、真智加はそれを自室の引き出しの中にしまっていた。

風呂上りに自室へ行き、タオルドライした髪をかき分けて地肌にスプレーする。頭頂を中心に髪の分け目に沿って後頭部まで、それから前髪の付け根と、左右の側頭部にも。十か所くらいにぷしゅぷしゅと降りかけ、両手で軽くマッサージをしてなじませる。毎日続けていることなのに、マッサージする度に、美容師に言われた「爪を立てないで、指の腹のところで押してください」というアドバイスを注意深く思い出す。

そんなことは意識せずともとっくにしていることなのに、毎度慎重に爪が当たらない指使いを模索する。

育毛剤のボトルをしまって、洗面台に戻り、ドライヤーで髪を乾かす。熱せられた頭皮から、甘い花の香りが立ち上った。真智加はあの匂いが大嫌いだった。学校で友だちが顔を寄せてくる度に、シャンプーなに使ってるのとか、香水付けてる？　とかそういうことを聞かれるんじゃないかといつもおそろしかった。香りを飛ばすようにドライヤーを強く当てたい気持ちと、頭皮にダメージを与えたくないからそっとしていたい気持ちと、両方があった。

髪は生えなかった。黒い髪の分け目で、はっきりと頭皮が目立っていた。真っ黒な髪だから余計に頭皮の白さが目立つのかもしれませんよ、とこれを言ったのは美容師だったが、染髪で頭皮にダメージを与えるのがこわくて、髪も染められなかった。

こわくて、に阻外されたことがたくさんある。小学校から仲の良かった友だちが中学で剣道部に入った。真智加も興味があったが、防具でむれてはげるという噂を聞いて、見学にも行かないで止めた。合唱部に入ったが、歌うのはそんなに好きではなかった。剣道部に入った友だちとの仲は悪くはならなかったものの、それ以上に深まることもなく、卒業式の日は簡単な挨拶を交わしただけで別れた。その子は部活仲間とカラオケに行った。

「百万払ってほんとにはげが治るんなら払うけどねえ」

離れた席に座っている夫婦の、夫の方がそう言った。妻が笑って、「あんた、こんな世界になる前からはげてたじゃないのよ！」と茶化す。夫は「前とか後とか関係ないだろそこは」と口を尖らせた。真智加はビールを一口飲んで、いいや、と心の中で否定する。前とか後とかは関係ある。こんな世界になって、髪が全部抜けてなくなってしまった日、わたしはほんとうによかったって思った。うれしかった。

夫婦は真智加より先に席を立って帰って行った。席を立つ前に妻の方がウィッグをかぶって、鞄から取り出した小さな鏡を覗き込んだ。前髪をちょいちょいと流して、ついでにリップクリームも塗っていた。

ワイドショーが終わったのを機に、真智加も残りのビールを全部飲み干して席を立った。十七時半になっていた。窓の外はまだ明るいが、日差しは強くない。これなら日焼け止めは塗らなくていいだろう。真智加はウィッグをかぶらない。風呂上りまでそんなこと気にしたくない。みんなはげてるんだからいい。せっかくそうなったんだから。わざわざ髪をかぶらなくっても、誰も気にしないんだから。はげてよかった。温泉が楽しい。

真智加は、三日後にもまたみどり湯に来た。温泉に入る前にトイレに入った。用を足して手を洗う。トイレの中にいるのは真智加一人だけだったが、ふいに頭をじっと見られているような変な感覚がして、鏡に映る自分の顔の、くつろいだ形に描かれた眉毛から視線をあげて、自分の頭に注視した。ひゅっ、と自分が息を吞む音が聞こえた。髪が、生えていた。

○

夕食の後、母はみどり湯に出かけた。二時間は帰ってこないはずだ。家には自分以外誰もいないが、琢磨《たくま》はいつもの習慣で自室の鍵を閉め、パソコンでネットサーフィンをしていた。みどり湯は家のすぐ隣にある。駐車場はうちの庭に面していて、その間を仕切るフェンスには『車を前向きに停めてください』とパネルが掲げられているが、だいたいの車がバックで駐車し、排気ガスがたっぷりと庭に注がれる。そのお詫びということで、みどり湯の人が定期的にやって来てサービス券をくれるので、母は週に一、二度、みどり湯に入りに行く。水曜日と木曜日に行くことが多いのは、隣の家の人の利用日と重ならないようにするためだと言っていた。「仲が悪いわけじゃないけどなんとなくね」ということらしい。

ニュースサイトを流し見し、SNSの新しい書き込みにいくつか反応を返して、パソコンを閉じた。部屋の鍵を開けてトイレに立ち、自室には戻らずリビングに下りて、冷蔵庫から麦茶を取り出して飲んだ。レースのカーテンの向こうに庭があり、そのさらに先にみどり湯の駐車場と建物が見える。

琢磨はみどり湯の中に入ったことがない。母に何度となく誘われたが、断り続けている。温泉では、マナーとしてさりげなく股間をタオルで隠す文化がある。まじまじと他人の股間を観察する無礼者もいないだろうとは思う。けれど、なんだか嫌だ、という気持ちを押してまで温泉に浸かりたいわけではない。使われなかった琢磨の分のサービス券は、母が全部使っている。

誰もあなただなんて気付かないんだから、気にしないでお風呂に入ればいいのに。広くて気持ちいいよ、サウナも露天風呂もあるんだよ。みどり湯ができた二年前にはそう言って入浴を勧めてきた母も、今ではもう何も言わない。去年、小学校の修学旅行があった。二泊三日の旅程で、夜はクラスの男子全員で大浴場に入った。琢磨の見舞われた事件について、同じ小学校の生徒全員が知っていた。――あの子でしょ、小二の時に変質者に髪を切られたのって。

「変質者に髪を切られた？　公園のトイレで？　ほんとに、髪切られただけかよ。髪だったらトイレじゃなくても切れるだろ。わざわざトイレってことは、ちんこ、切られたんじゃねえの」

それを言い出したのは、六年で初めて同じクラスになった男子だった。尖らせた短髪をオレンジ色に染めているやつだった。

髪を切られた、だけだよ。琢磨はからかわれる度にそう答えた。

事件が起こった当時は、圧倒的な被害者の雰囲気が子どもでも察せられるほど強く漂っていたことと、琢磨の足がクラスで一番速く、成績も良かったことで、残酷なからかいを受けたことはそれまでになかった。六年になっても琢磨は足が速かったし、成績も良かったけれど、圧倒的な被害者感は年々薄れていたし、琢磨の髪がさらさらと美しかったので、変に目立ってもいた。女子みたいな髪、と男子に言われ、女子には、女子より女子みたいと言われた。髪だけのことで。

細くてさらさらの髪だった。母に似た髪質。ワックスで固めても、オレンジ色のあいつのようには尖らなかった。すぐさらさらと流れてしまう。にせものでもとさかが作れたら、威嚇に使えたかもしれないのに、と自嘲と嘲笑が一緒になった、ひどい気持ちで思う。

別に、オレンジ色のそいつも、それを聞いていた他のクラスメートたちも、みんな本気で琢磨が男性器を切られたと思っているわけではない。ずっとからかわれていたわけでもない。それでも、トイレに入る時は人に見られるのが嫌でそそくさと済ませるか、大便用の個室に入る。そうしたことでますます、あいつはちんこがない、と噂された。

修学旅行の大浴場がゆううつだった。全員がはだかになったらとうとう言われてしまうんじゃないか、と琢磨は恐れていた。玉ないんだろ見せろよ、あるいは、ちんこあるんじゃん。どっちもばかばかしい。絶対に嫌だった。

平静を装って風呂に入った。過剰に隠すわけでもなく、ただ他のクラスメートと同じ程度に、へその辺りにタオルを握った手をあてて、ひらひらと股間の前まで垂らした。歩けばはだけてお互いの股間がちらちら見えた。クラス担任は女の先生だったので、風呂場には隣のクラスの男の先生と、教頭先生が一緒に入っていた。おまえらふざけてないでちゃんと頭も体も洗ってから浸かれよ、と筋肉の隆々とした先生に怒鳴るように言われ、こわいのでちゃんと従った。みんなで肩を寄せ合って湯に浸かり、股間が見えなくなってほっとした。当然のように湯を掛け合ったり、腕をばんっと叩きつけて湯柱を立てたりして、先生に怒られた。脱衣所にあがり、さっと体を拭いて寝間着代わりの体操服に着替えた。肩をどつきあいながら大部屋に戻り、敷かれた布団の上で騒いでまた先生に怒られた。

なにかを言われたのは旅行から帰ってきた後だ。その時一番仲の良かった秋也《しゅうや》と、修学旅行の思い出をテーマに壁新聞を作っている時だった。男子全員で湯に浸かって肩から上だけが写っている写真が、手元にあった。

「琢磨の、なんか全然わかんなくて、みんなも風呂出た後普通だったなって言ってたし。だから、良かったな」

主語はなかったが何のことを話しているのかは分かった。秋也はいいやつで、頭がよくて、静かだけど暗いってわけでもなくて、琢磨は、なんかこいついいなすごいな、と思っていた。だからつらかった。そんなことを言われたら、もう、秋也とは友だちではいられない。

受験をして家から三駅離れた場所にある私立中学に入った。秋也も同じ中学で、だけどクラスが離れて、何度か遊びを断っているうちに誘われなくなり、廊下で会えば適度にふざけあう関係が続いている。秋也と距離を取ったことは、秋也以外の誰にもばれてないと思う。二人が親しかったことを知っている小学校の同級生たちとは中学が離れたし、母に最近秋也くんと遊ばないのねと言われても、だってクラス違うからと答えるだけで良かった。誰にも指摘されないからこそ、琢磨はこれからのことを厳しく考えている。秋也はからかわなかった。でもだめだった。とすると、おれはそのことに触れられるだけでだめということで、それはとても、先が厳しい。

麦茶を全部飲み干して空いたグラスをシンクに置いた、その手で頭を掻く。ざりざり、髪と髪がこすれる音がする。強く掻いたら髪が乱れてしまったので、頭の後ろでひとつにまとめていたそれを、ほどいて結びなおす。首から後頭部へ髪を持ち上げるように掬って左手を添え、右手を頭の後ろにまわして左右の側頭部に指を通す。黒いゴムをぎゅっとしぼってまとめ、頭頂をなでつけた。

クラスの男子の中では琢磨が一番、髪が長い。肩の上ではねるくらいの長さがある。むかしは、男子は髪を短く切らなきゃいけないっていう決まりがあったらしいが、何度聞いてもよく分からない。勉強や運動の邪魔になるから、長い髪は髪ゴムでくくらなきゃいけないっていうのは、まだなんとなく分かる。髪ゴムは飾りが付いていない、黒か紺か茶色のじゃないといけないっていうのも、制服が黒だからそういうものなのかなと思う。長い髪型が特別に好きというわけではないけど、短いままだとひと月に一回は散髪に行かないとばらばらしてくる。美容室は学校の近くにしかなくて、しかも寄り道はだめっていう校則があるせいで、髪を切るなら一回家に帰って、着替えて、それからもう一度電車に乗って学校の近くまで来なくちゃいけない。意味が分からないルールのひとつだと思う。それでも邪魔だからっていう理由で頻繁に髪を切っているのは、女子より男子の方が多い。短くも長くもない髪が一番邪魔なのだ。

琢磨ほどではないが、中学に入って伸ばし始めたクラスメートもいるので、数か月後にはみんな同じような髪型になっているかもしれない。二年、三年の先輩たちは、だいたい琢磨が今しているようなひとつ結びの髪型をしている。女子の先輩たちはもっと長くて、腰まで伸ばしている人も中にはいるけど、琢磨はそれを見る度、あんなに切りやすそうな髪で外を歩いて大丈夫だろうかと心配になる。狙われたら終わりだ。後ろからすっと近づいて来た悪いやつに、腰辺りに広がる髪を掴まれて、その気配に気付く間もなくすぐに切られてしまうだろう。

部屋に戻って宿題をするか、このままリビングに残ってテレビを見るか迷っていると、電話が鳴った。液晶画面に表示されているのは知っている番号だった。多分だけど、おれのことを好きな女子。受話器を持ち上げて耳に当てる。はずんだ声が、琢磨くん、一緒に夏祭り行こうよ、と言った。

○

テラに「占いに行こうよ」と誘われて、日曜の朝から出かける。午前中しか開いていない占い屋らしい。天気がいいので、朝でも暑い。

「占いって夜のイメージがあるんだけど」

「薄暗い感じの？　もしかして、あんまりいい印象ない？」

「いや、いいも悪いも、占いに行こうって思ったことなかったから、うん、テラが誘ってくれなかったら一生行くこともないだろうし、だから、嫌ではないし、ちょっと楽しみ」

真智加は話しながら、自分で占いに行こうって思ったことなかったから楽しみ、の部分だけ伝えれば良かったのに余計なことばかり付け加えてしまっていると焦っていたが、テラは気にしていないようで「そっかよかった!」と前を向いたまま言う。駅を出てから、心なしか早足になっていた。半袖のブラウスの下にじんわり汗をかく。テラが誘ってくれた遊びには全部付いて行く。真智加は自分から誘わない分、誘われたら絶対にその誘いに乗る、というルールを自分に課していた。それが自分なりの友情の築き方だった。

テラが今日かぶっているウィッグはロングヘアの明るい茶色で、日の光の角度によっては薄いピンク色が差して見えることもある。真智加は会って早々、テラに「クラシックコンサートが趣味の人みたい」と揶揄された、肩までの長さの暗い緑色のウィッグをつけていた。派手ではないけれど、地毛があった時は髪を染めたことがなかったので、黒じゃないというだけで、自分にとってはまだ新鮮だった。

眉毛の上で斜めに分けられたテラの前髪を見て、真智加は高校時代を思い出す。その頃はテラも真智加も生まれついたままの黒髪だった。テラは全体にパーマをかけてふわふわと散らし今日のウィッグのような斜めの前髪にし、真智加はヘアアイロンで毎朝せっせと前髪を伸ばして眉毛を隠していた。テラと真智加が通っていた市内の公立高校は、その頃の全国の公立学校のほとんどと同じように校則が厳しく、テラのパーマも再三注意を受けていたが、本人は天然パーマです寝ぐせです、と言い逃れていた。

今は染髪もパーマも自由という学校の方が多い。金髪でも赤髪でもいいし、パーマもアフロヘアも、したければしてもいい。こうなる前は、男子生徒の長髪を禁止してる学校もあったけれど、今は男女で髪型の制約が異なることはない。長くても短くてもいい。世界がこんなふうになって、今、いつか失われると決まった髪を持つ若者たちは、髪になにをしても許される。

髪がなくなったのはテラの方が先だった。大学二年の終わり頃に抜けた。後期の定期試験が終わった、補講期間だった。試験後の補講なんて一番やる気が出ない。出席をとるので仕方なく参加していたが、さぼっている学生も多く、席はまばらに空いていた。だから、同じ教養の授業を取っているはずのテラの姿がなくても不思議には思わなかった。〈さぼってるじゃん〉とメッセージを送り、笑い顔のスタンプで返されたのも、別に変ではなかった。そうして会わなかった数日の間に、テラははげていた。

補講の最終日につじつまを合わせるように現れたテラを見て、真智加は笑った。声を出して笑ったのではなくて、顔がにんやりと歪んだ。おかしかったのでも、ばかにしたのでもない。びっくりした、それが顔に立ち現れてきた時、なぜだかにやけ顔になったのだ。真智加のそんな表情を見てもテラは怒らず、ただ、「別に驚かなくてもいいでしょ、順番なんだから」とだけ言った。

テラの言うとおりだった。周りの人たちは順番にはげていっていた。相変わらず原因は不明で、感染症と断定されてすらいなかったけれど、はげの人と関わった人たちからはげていくので、感染するものとされていた。はげてしまった人が最初にかけつけた病院や美容室、ヘアケアセンターなどに勤める人たちからはげた。それから、人に会わざるを得ない仕事の人たちがはげて、人に会わなくても働ける業種の人たちも、交通機関やスーパーではげの人と会ってはげた。どうやら子どもははげないらしい、ということだけ分かっていた。早い人で十六歳からはげた。流行の初めの頃はともかく、ひととおりはげきった今は、二十歳以上のほとんどがはげている。

世界は混乱したけれど、死ぬことはないと分かって、その混乱はすぐに麻痺した。

半笑いのような麻痺の仕方だった。原因は不明。でもいいじゃん、死ぬわけじゃない、後遺症があるわけじゃない、ただ髪がなくなるだけだから。

命にかかわらないからと、人の流れは公には抑制されず注意喚起に留まった。在宅勤務を推奨する企業は少なかった。しぶしぶ受け入れて、あるいは流されて、生活を続けた。一方で、はげを苦に自殺した人が何人も出た。まだ髪があってはげたくない人たちは、なるべく出歩かないように予防していたけれど、すでにはげてしまった人たちは、気にせず往来を歩いたので、はげは収まらなかった。みんなはげた。

真智加がはげたのはテラがはげた三か月後だった。大学三年の春、ゴールデンウィークはあちこち出かける予定があってたくさん人と会うからとうとうはげてしまうかもしれないな、そんなことを考えていたら、ゴールデンウィークに入るすこし前にはげた。一日だけ大学を休んで、そのまま連休に入ったので、真智加のはげがテラに知られたのはゴールデンウィーク明けだった。

休みの終わりにテラに〈はげたから一緒に学食行こ〉とメッセージを送ったのを覚えている。テラがはげて真智加がはげていない三か月間、テラは真智加を遠ざけていた。キャンパス内で会ったら話す、けれど学食でごはんを食べることも、並んで授業を受けることも、授業の後にカフェに行ったりお互いの家に行ったりすることもなくなった。はげをうつしちゃ悪いから、というのがテラの言い分だったけれど、真智加はそれを信じていない。嘘ではないと理解しながらも、まやかしだと思っていた。

大学には、はげのまま登校する人と、ウィッグをかぶる人が、半分ずつくらいいた。テラはウィッグをかぶっていたので、真智加もそうした。二人の通う大学は実家から通える距離にあって、偏差値は低いけど真面目な学生が多いと評判で就職率は高い、同じ高校から五十人も一緒に入学したところだった。高校が同じだった同級生の中にはウィッグをかぶらず、はげのまま過ごしている人もいた。真智加は経営学部で、テラは教育学部だった。テラが学校の先生になるなんて信じられない、と入学時に散々言っていたが、はげた後テラは大学を辞めたので、先生になることはなかった。

「こっちの方ってあんまり来たことなかったな」

地元から電車で三十分ほど東京の方へ近寄り、その分だけ人と店が増えた町だった。

遠くはないけれど、さらに後十五分電車に乗れば東京へ出られるのでわざわざ降り立ったことはないな、と真智加は思うのだけれどふいに、高校の時にこの辺りのファミレスでアルバイトをしていたクラスメートがいて、クラスの何人かでわざわざ出かけて、でもその子はホールじゃなくて厨房の担当だったから会えなかったとか、そんな記憶が蘇り、その中身と同じ軽さで意識から流れ去って行く。

駅前に四階建てのショッピングモールがあって、一階には大型スーパー、二階と三階には洋服や雑貨、四階はレストランがいくつか入ってレストラン街と名付けられていた。占い屋はレストラン街の中の、居酒屋の一角で開かれているという。

「居酒屋が十一時にオープンして、昼は、夜ほどは混まないんだけど、混んで席がなくなってきたら、仕切りをどけて奥のテーブルまで使うから、確実に占いができるのはオープン前の九時から十一時の間で、それより後は受けられるか分からないんだって」

テラに先導されてショッピングモールに入る。一階のスーパーは、開店したばかりだというのにそこそこ混み合っているようだった。カートが並べられたエレベーターホールでエレベーターを待っていると、すぐにきた。掃除したばかりらしく消毒液の匂いがした。行先階ボタンの上の案内パネルを見ると、三階のフロア案内に印字された服屋の名前のうち、二つに線が引かれていた。みんながはげてしまった頃、ファッションブランドがいくつも倒産した。みんなはげて、出かけなくなったし、出かけるにしても、おしゃれをしなくなったからだった。五年経ってだいぶ持ち直したと聞くけれど、こんなところに痕跡が残っている。美容室の多くもつぶれたけれど、子どもから中高生までは髪が生えているので全滅したわけではないし、街中にあった元美容室の多くに、今はウィッグ店が居抜きで入っている。大きな鏡とくるりと回る椅子が、そのまま残されて。

四階で降りる。朝九時三十分のレストラン街はしんとしている。廊下は明るいが、左右に並ぶ店の照明は落とされていて、どの店も奥にだけ明かりが見え、昼の開店に向けた準備をしている気配がした。人の姿は見えない。廊下を進むテラのヒールの音がかつかつかつ響く。

赤や黄色の造花で飾られたアジア料理店の前を通った時、真智加が「食べ物屋の中で占いをやるんだったら、ここのお店なんて合ってるかも」と、壁に掛けられた木彫りのお面を指さした。テラも、わかる、と頷くが歩くスピードは全くゆるめない。

パスタとピザとワインのポスターが貼られたイタリア料理店、天ぷら屋、すし屋、中華料理屋、ラーメン屋を通り過ぎ、その先にのれんがかかった和風の構えの店が見えたので、あそこだろうかと目指して歩いていたが、テラは素通りする。その躊躇いのなさに、テラはここに来るのが初めてではないのかもしれない、と真智加は思ったが口には出さなかった。のれんのかかった店はもつ鍋と九州料理の専門店で、えーこおいしそう、と真智加はやや高い声を出したが、テラはうんと答えたきりメニューに顔を向けようともしない。その時になって初めて、もしかしてテラはなにか相談したいような、自分一人では決めかねている悩みがあって、そのことを占い師に相談したいのかもしれない、と思い至る。

すごくいいって評判の占い師がいるらしいから一緒に占ってもらおうよ、と誘われた時には、数あるイベントの中のひとつとして捉え、そこに遊び以上の意味があるとは考えもしなかった。半歩先を行くテラが、昇ってきたエレベーターから一番遠い店の前で立ち止まった。こちらの店にものれんが掛かっている。のれんの上には木の板に墨の字で「居酒屋　円」と書かれていた。

ガラスで覆われたショーウィンドーに飾られているのは写真ではなく食品サンプルで、白い泡がたっぷり載ったビールジョッキに、若々しい緑色の枝豆と、赤すぎる冷やしトマトが並んでいる。枝豆とトマトには透明のつぶつぶが付いて、しずる感も演出されていた。その他のメニューも〈店主のこだわり餃子〉〈ぴりっと生姜の香るからあげ〉〈大きなホッケ〉と、大衆居酒屋らしく、ひねりのない、米と酒が進みそうなラインナップだった。

のれんをくぐる時に、ウィッグが引っかかってしまわないよう、右手で頭を押さえて腰からかがんで歩いた。店内はテーブル席が十卓ほどと、その奥に畳の座敷席が六卓あってわりと広い。窓は塗りつぶされていて外は見えず、明かりがついているのになぜだか夜の感じがした。入ってすぐの会計カウンターの前で立ち止まって辺りを見回していると、座敷席に座って帳簿のようなものをめくっていた若い女性の店員が二人に気付き、「いらっしゃいませ」と声をかけてきた。祭りの日に着るような紺色にアジサイ柄の法被を着ている。頭には法被と同じ色の手ぬぐいを巻いて、金色のウィッグを頭の後ろでひとつ結びにしていた。畳に膝立ちになって、体をこちらに向ける。

「占いの方のお客さんでよかったですか?」

テラが返事をすると、店員はこっちへどうぞ、と自分が座る座敷席の向かい側を指した。二人は頷いて靴を脱ぎ、テラが奥に、真智加が通路側に座った。店員はテーブルに広げていた書類をさっとまとめて畳へ下ろすと、代わりに畳に置いていた箱をテーブルに上げ、中から大きな水晶玉を取り出した。日本酒を飲むマスに似た形の赤い箱にそれを入れる。水晶玉の上から半分とすこしがマスからはみ出している。

真智加は、この人が占い師なのか、と内心驚いていたが声に出して言うのは失礼に当たる気がしたので黙っていた。つんっと高い鼻筋とシルバーのアイシャドウで縁取られた目に、鮮やかな金髪が似合っている。占い師というより居酒屋の店員に見える。居酒屋の店員でもあるのだろうけれど、どちらかというと。テラは動じていないので事前に知っていたのかもしれない。

「えーと、占いは一人ずつしかできないので、もし二人とも占い希望だったらお一人は外で待ってててください。どちらかお一人だけ受けて、もう一人は付き添いということだったら見学されててもかまいません」

どうしますか、と金髪の店員が目を合わせたのは真智加の方で、佇まいから占いを求めて来たのはテラの方だと察しているようだった。真智加はてっきり二人一緒に受けられるものだと思っていたので面食らうが、それは自分が占いと聞いて、これからの恋愛や金運や健康なんかについて占い師にあれこれ言われ、それをテラと二人でさざめきあい、占い師からは見えないテーブルの下でお互いの肘をつつき合うような、そんな想像をしていたからだった。テラの様子から、どうやらそういう遊びとは遠いところにある、不調の原因を病院で尋ねる時のような姿勢があると納得し、逡巡する。

「どうしようかな」

と一応声に出して迷って見せると、水晶玉をじっと見つめていたテラがぱっと顔を上げて、

「せっかくここまで来たのに、占ってもらわないなんてないよ。絶対、真智加も占っ

てもらって。わたし、先に占ってもらうから、外で待ってて。終わったら声かけるから」

と尻込みを許さない強い声で言ったので、真智加はこれにも驚き、音が聞こえそうな深い瞬きをして頷いた。靴を履き、鞄を持って立ち上がる。

店員が「店内でお待ちいただいてもいいですけど」と、テーブル席の方を示したが、テラは近くにいないでほしいだろうと思って遠慮する。「それではまた後ほど」と答える店員の、真智加を見上げたその顔を見て、二十五か六かそのくらい、と見当を付ける。入ってきた時と同じように、ウィッグが引っかからないよう頭を押さえて中腰でのれんをくぐる。外に出てから、店内では音楽が流れていたな、と気付く。和楽器ののんびりしたリズムが耳に残っている。それぞれの店の開店までまだ一時間以上あるので、廊下は相変わらず静かだった。

エレベーターホールのベンチに腰掛け、スマホでショッピングモールの名前と、居酒屋円、占い、と入力して検索する。ヒットした記事は関係ない店や占い広告ばかりだったので、ＳＮＳを開いて同じキーワードで検索し直す。いくつかそれらしいものが出てきた。五日前の書き込み。〈居酒屋で占いやってもらったって話したら、お母さんに「私が若い頃もそういうの流行ったよ」って言われた。なんか違うと思う。お母さんが若い頃ってはげてないじゃん〉

はげてない？　占いと何がつながるのだろうかと不思議に思い、その書き込みをしている人の前後のつぶやきを探してみたが、占ってもらった後で、居酒屋の方の開店時間まで待って昼からビールを飲んで楽しかった、という続きしか見つけられなかった。添えられた写真にはビールジョッキが三つ写っているので、三人で行ったのだろう。ならば一緒に行ったその友だちが何か書き込んでいないかと、昼飲みの写真に「イイネ」を押している四つのアカウントをそれぞれ辿り、五日前の書き込みまで遡ってみる。猫の写真をアイコンにしている人が投稿していた。

〈絶対髪が生える薬の出どころ、多分摑んだ〉

占いとも居酒屋円とも書かれていないが、これのことだろうと思った。そのつぶやきにはイイネも返信もひとつも付いていない。絶対髪が生える薬の出どころ。生える。薬。言葉を単語に区切って舌の上に載せて噛み砕く。なじみ深い、縋り付くような苦みがした。

真智加に髪が生え始めて、一か月が経つ。色が濃くなったうぶ毛というだけで、どうせまた一気に抜けてしまうのだろうと、意識して期待しないようにしていたが、抜ける気配は全くない。とはいえ、五年前の一息に髪が抜けてなくなった時だって、前兆も髪が抜ける気配もなかったのだから、結局は同じことの繰り返しかもしれない。

それでも今は生えている。真智加は首を左右に振ってエレベーターホールに誰もいないことを確認し、持ち上げたウィッグの隙間からそっと指を差し入れた。崩れ防止の網キャップをめくった、汗の湿りの下に、髪のさらさらした感触が確かにある。一センチ均等の髪が頭の全体にみっしりと生えてきている。

エレベーターが一階に降りて行くのが見えて、真智加は慌てて指を抜いた。暗い緑色のウィッグを深くかぶり直す。はげならばはげで構わないが、ウィッグをかぶってそれがずれているとか似合っていないというのは一番良くない。これは、大学生の時に購入して長く使っているウィッグだ。鏡を見なくても、ちょうどいい角度に設置できる。真智加はこのほかに、黒髪のゆるいパーマがかかったセミロングヘアと、明るい栗色のストレートロングヘア、赤みがかった黒髪ショートの四種類のウィッグを持っている。手入れが面倒なので、だいたい三つは仕舞っていて、しばらくの間一つのウィッグを使い続け、汚れてきたらクリーニングに出し、代わりに別のウィッグを使うか、はげのままで過ごすかにしている。今日のようにテラと遊びに出かける時にはウィッグを使うことが多いけれど、出勤や一人で出かけるだけの時は何もかぶっていなかった。そういう人はわりと多くいる。

どうしてまた髪が生えてきたのか、分からない。分からないから、誰にも言っていない。病院にも行っていない。だってなんて言えばいいのだ。髪が生えてきたんです?

真智加は困っている。と同時に、やはり喜んでもいて、うれしいと感じる自分の気持ちに、戸惑ってもいる。テラにももちろん話していない。テラが大学を辞めた時、真智加は「なんで辞めるの、辞めてどうするの」と聞いた。びっくりしていたのだった。大学を退学する人が実は結構いるのだと、大学生になって知ってはいたが、自分の友だちが辞めるとは思っていなかった。大学を辞めるのは、大学がどうしても嫌になった人か、単位を取るコツが手に入れられない人か、特別にやりたいことがある人なんじゃないのか。

テラは「だって髪もないのに?」と言った。つまらなそうな言い方だった。大学を辞めても、テラは時々キャンパスの広場のベンチや学食の片隅にいた。だって暇なんだもん、などとうそぶいて。それで、真智加を誘って遊びに出かけた。バイト始めたよ。なんのバイト。コンビニ、居酒屋、ドラッグストア、駅の構内にあるフルーツジュース屋さん。テラのバイト先は聞く度に変わっていた。髪がある時にしていた塾講師のバイトは、いつの間にか辞めてしまっていた。

エレベーターの扉が開いて男性が二人降りて来た。二人ともはげている。ベンチに座る真智加をちらりと見遣って、足早に歩き去る。その速度と明るくも暗くもない感情がこぼれた後のような表情に、どこかの店の店員で、今出勤してきたところだったのだろうか、と考える。スマホで時間を確認すると、テラが占われ始めて三十分ほどが経っていた。そろそろ終わるだろうか、とここから見えるわけもないのに、居酒屋円の方へ顔を向けるとちょうど、廊下の向こうからテラが手を振りながら近付いて来るのが見えた。

「どうだった?」

真智加はそう尋ねながら、テラが浮かべている思い切り気持ちいいことをした後の笑顔を見る。

「そうだね、満足した」

テラが居酒屋円の方へ向かうように身振りで促し、真智加が頷いて立ち上がる。

「なにを占ってもらったの」

「人生。これからのこと。すべて」

「なんかすごいね」

真智加と入れ替わりにベンチに座ったテラが、「いってらっしゃい」と小さく手を振った。


一人なのでいいかと思い、ウィッグではなくのれんの方を手で押さえてくぐる。のれんの裾が頭にあたったが、ウィッグがずれるほどではなかった。座敷に座った店員が「どうぞー」と真智加に声をかけ、胸の前で小さく手招きする。テーブルを挟んで向かい合わせになる。真智加は正座の足を左右に崩して、尻を座布団に直接付けて座る。正座をしている店員は真智加より視線が高く、やや見上げる形になった。

「お名前は」

「フルネームの方がいいですか」

なんとなく身構えてしまって、そう尋ねる。

「下のお名前だけでもいいですよ」

「真智加です」

店員の胸元に目を向けるが、紺色の法被に名札は付いていない。

「真智加さんは、テラさんの付き添いでいらっしゃったんですよね、たぶん。小学生の頃からのお友だちだって聞きました。いいですね、大人になっても仲がいい、子どもの頃からの友だちがいるって」

「テラは、なにを占ってもらったんですか」

教えてもらえるはずがないと思いながらも、真智加はついそんなふうに聞いてしままう。店員は首から背中に手をまわしてひとつ結びにした金髪をはらい、指にからまった一本の髪を反対の手でつまんで取った。真智加ではなく、髪をつまんだ自分の指先を見ながら言う。

「これからまた髪が生えることがあるかどうかについてです」

「……そんなこと、あるんですか」

ウィッグの下で頭皮が粟立つ。

「テラさんについては、ないでしょう、とお答えしました」

「それって占い、なんですか。テラだけじゃなくて、大人になったらみんな髪が抜けて、一度抜けた髪はもう生えてこない。それは別に、占ってもらわなくても知っていることじゃないですか」

「それでも占ってほしいという方はいる。なんでだと思いますか」

「なんで……」

店員が前触れなくさっと立ち上がり、すぐにまた戻って来る。真智加の前に湯のみを置いた。お茶のいい香りがする。店員はどうぞ、と言って自分もお茶を飲む。

「さて、真智加さんは、なにを占いましょうか」

先ほどまでの話はなかったことになっているようだった。お茶でリセットされた、と真智加は肩透かしをくらった気持ちになる。

「なんでもいいんですか？　髪のこと以外でも」

「なんでもいいですよ。多いのは、仕事、健康、家族、恋愛、あと友情のこととかですかね」

「そうですか。それじゃあ、友情のことでお願いします」

店員は表情を変えずに、オッケーです、と軽い調子で答えた。水晶玉に手を乗せて目をつむる。急に店内の音が大きく聞こえた。ここからは見えない厨房のざわつきも、店の外の廊下を歩く人たちの足音と話し声も聞こえた。飲み込んだ唾が自分の喉を落ちていく音を聞いたのと同時に、占い師がそっと目を開いた。

「テラさんとの友情はこれからもずっと継続されます。あなたが望むのであれば。ただし、形を変えて」

占い師が水晶玉を人差し指ではじく。表面をこすったかすかな音がしただけだった。

真智加は口の中で、形を変えて、とつぶやいた。唇より外には出ないくらいの小さい声だった。頷いて、今度は聞こえる大きさの声で、「覚えておきます」と答えた。

エレベーターホールで待っていたテラを呼んで、そのまま居酒屋円で昼ご飯を食べた。占い師は水晶玉と湯のみを片付けると、下駄を履いて居酒屋の店員になった。ビールとつまみがいくつか、すぐに出てきた。一時間ほどでビールを二杯ずつと日本酒の冷たいのを一合ずつ飲んだ。

「仕事どうなの」とテラが言う。

「うん、普通。普通に、普通」

ふうん、とテラがつまらなそうにつぶやく。

「他の友だちとかに聞くと、だいたいみんな辞めたい、やだって言うけどね。あとたまに、すっごい楽しくてやりがいあるとか言う。珍しいんじゃないの、普通って言う人」

なぜだか責められるようにそう問われ、首をかしげる。仕事は嫌ではなかったし、かといってやりがいがあるわけでもなかった。自分に合っているとは思った。真智加が勤めているのは洗剤やクレンジング剤などの家庭用品を扱っているメーカーで、去年までは店舗営業の部署にいた。今年人事異動があって、今は商品生産管理の部署にいる。会社員が合っている。営業でも事務でもどっちでもよかったが、開発とか企画とか難しいのは嫌だ。これを売るっていう目標が示されていて、やるべき仕事の大筋が決まっていて、その範囲内での努力や工夫が求められる仕事。そういうのが自分には合っている。こつこつさぼらず働いて、お金をもらって、生活していきたい。

これからもなるべく長く、できれば定年まで働きたい。結婚しても子どもができても働き続けたい。出世してばりばり仕事のために生きたいというのではなくて、もう仕事辞めたいと愚痴をこぼしながら働き続ける人でいたい。そんなふうに考えていたけれど、髪が生えてきたから、それはできないかもしれない。

地毛のままでは過ごせないだろう。伸びていると気付かれる。うんと短く切るか剃るかして、その上からウィッグをかぶっていればばれないだろうけれど、この伸びてきた髪を、せっかくの髪を、仕事のために、隠すために切らなくてはならないというのは、理不尽だった。もったいないと思ってしまう。

まずはじめにそう感じているのに、もったいないの後に、飲み会で無理やりウィッグを取られるはげハラスメントにあうとか、はげ頭でお酌をさせられるとかもあるらしいし、社員旅行とかあるかもしれないし、女性同士で温泉に行くかもしれないし、いつか出世したら謝罪会見とかに駆り出されるかもしれない。謝罪会見に出る人たちはみんなウィッグを外しているし――だんだんありえない方向に思考が散る。はげハラスメントなんてそんなこと、今の部署の同僚がするわけないと思っているのに。髪と仕事とどっちが大事なの、と自分に問いかけてみるが頭の中で無視される。

テラがため息をついた。

「真智加は、なんか、焦ってなくて、逆にださい」

ほろ酔いで会計に立つと、レジにいたのは金髪の店員とは別の若い女性で、店内を見渡したが、占い師は見つけられなかった。言われたままの金額をテラと割り勘で支払ったが、すこし高いように思ってレシートを確認すると、一番上に「ウラナイ×2　4000」という印字があり、そのすぐ下に「ジョウホウ×1　4000」とあった。

真智加が、なんだろうこれジョウホウって、とテラに確認すると、テラは意外そうな顔で「真智加、髪のこと占ってもらわなかったの」と言った。飲んでいる間中、酔っぱらいながらも遠慮して避けていた話題に一気に踏み込まれ、真智加はのれんをくぐる前で立ち止まる。のれんの向こうの廊下がやけに煌々としすぎているように見えた。背中の方で、和楽器の音が聞こえる。テラはまだ驚いた顔をしている。財布から二千円を取り出して、「ごめん多くもらっちゃってたね」と真智加に差し出した。

「じゃあ、どうしようかなあ。人に言っちゃだめって言われたけど、真智加は一緒に来たんだから、いいよね。あのね、」

テラがほほ笑んだ。ふっくらした頬にウィッグの髪がかかる。

「絶対に髪が生える薬を教えてもらったの」

立ち止まり身を寄せ合う。顔を近付けた分、小声になる。テラのささやき声で告げられたそれは、ずいぶん真実めいて響いた。テラがいたずらっぽい息を吐く。酒臭くて真智加が思わず笑う。笑った勢いで、なんで、と尋ねる。その声はかすかに震えてしまった。

「はげてる人の方が優しいでしょう、だって。真智加もそうだったじゃん、むかしからはげてたから、むかしから優しかったじゃん。わたしそれが嫌なの。優しくなりたくないの。夢はいじわるばあさんになることだし」

ふふふ、とテラがほほ笑んでいる。絶対髪が生える薬、うれしいな。手に入ったら真智加にもあげるね。そう話す声は甘い。スマホを取り出して、真智加の方に向けた。

「これ読める？　ここのサイトでウィッグ買ったら、おまけで付いてくるんだって、絶対に髪が生える薬」

真智加はテラからスマホを受け取って、白黒だけの色味がない簡素なサイトにざっと目を通した。英語が並んでいる海外のサイトだった。

「ウィッグ、九ドルから、長さいろいろ、ロング、セミロング、ショート、ボブ、送料必要、安心、日本の会社バックアップ、助ける、ミドリガミノカイ」

読み取れる英単語を拾って声に出していく。ミドリガミノカイ？　それだけはローマ字読みをした。

「検疫ノープロブレム、安い、おまけあり、フィリピン、オア、インドネシア。オアって……どっちなのこれ」

眉をひそめる真智加に、テラは「どっちでもいい」と首を傾げる。おまけが大事。おまけね、と真智加も応じて、テラと同じ酒臭い息を吐いた。

○

もう長い時間、ネットの記事を斜め読みして時間をつぶしている。Yahooとか朝日新聞デジタルとかみんながトップページに設定しているようなサイトの記事ではなくて、トップニュースにゴシップか嘘ネタが出て来るようなサイトの記事。見れば見るほど嫌な気持ちになるし、後になって時間を無駄にしたなと後悔するのに、琢磨はどうしても止められずに開いてしまう。ブックマークからも消せない。明日には忘れてしまう内容の記事。誰かの悪口は、別の誰かの悪口で塗り替えられるし、そもそも真偽があいまいな話をいつまでも覚えていられない。

今日読んだ記事は、〈有名商社、採用面接「何歳ではげましたか?」との質問に非難殺到〉〈脱ウィッグ・ありのままの自分でいることを表明した人気モデル、過去の恋人は全員ふっさふさ〉〈クラスで最後まではげなかった男子高校生が自殺、いじめか〉。落ち着かなかった。

希春《きはる》とは仲がいい。学校でもよく声をかけてくるし、希春がスマホを買ってもらった時に、琢磨の自宅の電話番号を登録してもいいかと聞かれた。いいと答えると、希春のスマホの番号が書かれたメモを渡された。目のない魚のイラストが描かれたメモ帳だった。いつか琢磨がスマホを買ったら番号を教えるという約束もした。

実際に電話がかかってきたのはその時が初めてだった。休日に約束して会うのも初めてで、でも二人きりではなかった。二人だけだと学校の誰かに見られた時にデートだとからかわれるので、その方がいい。

「親戚のお姉ちゃんと夏祭りに行くんだけど、それがみどり湯の近くであるんだって。琢磨くんちみどり湯の隣でしょ？　だから、一緒に行きたいなって」

「別にいいけど」

「別にって？」

「行ってもいいってこと」

「分かった。わたし、浴衣着た方がいい?」

「知らないけど、そんなの、別にどっちでもいいけど」

夏祭りは来週の日曜日の午後だという。祭りに行って、その後晩ご飯も食べようということになった。

電話機の前の壁に、みどり湯のサービス券がマスキングテープで貼られていた。十五枚もある。無料券だし、希春にあげたら喜ぶだろうかと一瞬考えるが、すぐにばかばかしくなる。風呂の券をあげるなんて、一緒に入るわけではないけどなんだか変だし、そもそも希春は髪が生えているから、温泉なんて行きたくないだろう。

みどり湯のサービス券は、希春の親戚の人にあげることになった。母が渡したのだ。希春と夏祭りに行くことは黙っていた。ただ友だちと遊ぶから晩ご飯はいらないとだけ伝えて出かけ、けれど夏祭りの会場でばったり母と会ってしまった。

母は隣の家の人と二人でいた。夏祭りに行くという話はしていなかったから、今日になって家の近くで何かしていると知って見に来たのだろう。みどり湯に出かける時と同じ部屋着のような格好でいるので、琢磨は恥ずかしく、さっさと離れたかったが、希春の親戚のお姉さんとその友だちと母が三人で挨拶を始めてしまって絶望的だった。そこで母が「お二人、よかったらこれどうぞ」と言って取り出したのが、みどり湯のサービス券だった。「お休みの日に面倒見てもらっちゃってごめんなさいね」

琢磨に迷惑をかけないように言い、希春に浴衣が似合っていてかわいいと声をかけ、母は家へ帰って行った。

「なんか悪いねえ、こんなのもらっちゃって。温泉好きだから助かる」

「ほんと、一緒にお祭り来てるだけで別になにもしてないのに」

希春の親戚のテラさんと、その友だちの真智加さんから、口々にそう言われ、琢磨はいえたくさん余ってるみたいですからと答える。テラさんは希春の叔母にあたる人で、父親の妹だというけど、まだ若い。何歳ですかと尋ねると、「きみたちと十二歳違いで、干支が一緒だよ」とテラさんが言って、真智加さんが「うわ、ほんとだ。中学一年生ってことは今年十三歳でしょ。うちらが今年二十五だから、そっか干支一緒なんだ」とショックを受けている。琢磨が「干支が一緒だったら、気が合うかもしれないですね」と笑うと、真智加さんの整った眉毛がすっと上がって、「琢磨くんはきれいに笑う子だね」と感心したようにつぶやいた。琢磨が戸惑っていると、真智加さんはみどり湯のサービス券をひらひらさせて見せた。

「実はわたし、けっこうみどり湯通ってるんだ。家が近所で、週に一回くらいは来てて。だからサービス券、ほんとにうれしいな」

「へえ、そうなんだ。じゃあ今度連れて行ってよ」

テラさんが言い、真智加さんが頷きながら琢磨から離れてテラさんの隣に並ぶ。そのまま歩き出し、琢磨は希春の隣に並んだ。周りから二人きりに見えてしまわないように、テラさんと真智加さんのすぐ後ろにぴったり付いて歩く。テラさんが横目で振り返り、希春が歩きなれない下駄に苦戦しているのを見て、歩調をゆるめた。

「下駄、歩きにくい？」

と琢磨も尋ねる。希春は首を横に振ったけれど「うん」と答える。

「歩きにくいけど楽しい」

赤色の浴衣の裾がはたはたと揺れる。浴衣の色は、希春の髪の色と合っている、と琢磨は思う。その気持ちは素直に表すとかわいいと思うとか、すてきだと思うという気持ちなのだけれど、心の中ですらすこし気恥ずかしくて、単に「合ってる」と思うだけにしていた。肩までの長さの固そうなまっすぐの髪で、生まれつきの黒髪をベースに、ピンク色のストライプがところどころ入っている。中学に入って髪に色を入れる女子が増えた。

たこ焼き、りんご飴、肉巻きおにぎり、やきとり、的当て。原色が目立つ看板の屋台が左右に並ぶ通りを進む。ソースの匂いに満ちている。屋台は後回しにして、まずはメインの会場を見ようということになっていた。屋台の前に立ち止まる人の塊を避けながら進んでいく。

去年の夏、秋也たちと行った花火大会でも屋台の前はぎゅうぎゅうの行列になっていて、目当ての屋台を見つけても近づけず、無理に人の間をくぐろうとすると舌打ちされるので、屋台が途切れる道の先まで同じ方向にじりじりと進むことしかできなかった。今日の祭りは、人はたくさんいるけど気を付けて歩いていればぶつかることはないし、左右の屋台を見回す余裕もある。琢磨は、覗き込んだりんご飴の屋台で、かんざしのような飴細工が売られているのが目に入り、贈るなんてできるはずがないのに、自分の思いつきに落ち着かなくなった。首をまわして希春とは反対の方向を向く。歩いている大人は七割くらいがはげだった。髪がある人のほとんどがウィッグなのだろうと思うけれど、それにしてもはげのまま歩いている人が多いように感じる。お祭りなのに。

この世界になってしばらくした頃、ハリウッドの有名俳優夫婦がウィッグを外した写真をSNSにアップした。女性は眉毛とまつ毛を強調してよりふっさりさせ、広くなった額や隠れなくなった頬に極彩色の化粧を施し、誕生日ケーキに載っているような銀色のプチプチした飾りも顔のあちこちに付けていて、男性の方は頭の後ろ側全体に植物模様のタトゥーを入れて、顔半分だけでカメラを振り返っていた。自宅の庭で撮ったらしく、地面には緑色の芝生が敷かれて、二人の足元に舌を垂らしてくつろいでいる茶色の大型犬が座っていた。孔雀の雌雄のような鮮やかな写真が世界中で一気に拡散されると、ハリウッドの二人は二枚目の写真を投稿した。それは大型犬が庭ではしゃいで遊んでいる姿で、添えられたコメントは〈ふさふさは彼に任せる〉。

それから有名人によるおしゃれなはげ写真投稿のムーブメントが起き、次第におしゃれではない普通の日常の写真もはげのままアップされるようになった。先駆けとなったハリウッドの二人は「撮影以外でウィッグはかぶらない」と公言し、それに倣った有名人がたくさんいた。髪がないだけだし気にしない、という潮流はこの二、三年の間に一般人の間にも浸透してきていて、まずはおしゃれな人たちの層がはげのままで出歩くようになった。化粧やタトゥーやピアスやネックレスが、なくなった髪に反比例して過剰になった。次にはげのまま出歩くようになったのは、元からおしゃれに全く興味のない人たちで、とにかく面倒だからこのままでいい、というのがその理由だった。特別おしゃれな人と、特別おしゃれに興味がない人の間、自分たちの身なりにそこそこの関心を持って生きてきた人たちが、取り残されたようにウィッグをかぶり続けていた。

普段、道を歩いたり電車に乗ったりしている周りの大人たちを見渡すと、だいたい半分の人はウィッグをつけていて、半分の人ははげのままでいる。琢磨のその実感からすると、視界に入る七割ほどの人がはげのまま歩いているこの祭りの雰囲気は、違和感があった。テラさんと真智加さんはウィッグをつけている。テラさんはロングの金髪で、真智加さんはショートの赤みがかった黒髪。どちらも普段使いというよりは遊び用、今日みたいなお祭りの日につけるようなウィッグだと思う。普段はげのまま過ごしている人も、休日に遊びに出かけたり、人とたくさん会ったりする日はウィッグをつけたりする。その流れからしても、祭りの会場にはげの人の方が多いのは不自然だった。まさかみんながみどり湯帰りにたまたま立ち寄ったというわけではないだろうし、と浴衣を着ている人まではげなのを確認して首を傾げる。

「どうしたの、なんかきょろきょろしてる」

希春に声をかけられ向き直ると、思ったより近いところに彼女の顔があったので半歩離れる。希春の方が琢磨よりも身長が高い。中学の間に追い越せるだろうか、と琢磨は不安だった。自分は多分もうあまり身長が伸びないと思うから。

「いや、なんとなく、はげの人が多い気がして、見てた」

「はげのお祭りだからでしょ」

はげのお祭り？　はげのお祭りってなんだ。

琢磨は今更になってこれが何の祭りなのか知らずに来たと気付く。勝手に地域の夏祭りだと思っていた。町内会かどこかが主催しているような。けれどそうであれば、母が知らないはずがないのだった。この地域では今も紙の回覧板の文化が続いていて、母は面倒くさいとぶつぶつ言いながらもはじめのページから最後のページまできっちり目を通してからサインをして、隣の家へ持って行くのだから。辺りを見渡す。

ここは……そうだ、パチンコ屋の駐車場だ。隣に四階建ての立体駐車場があるでっかいパチンコ屋の、アスファルトの敷かれた駐車場。その一角を仕切って、祭り会場にしているらしい。それじゃあ、パチンコ屋のお祭りかというとそんな雰囲気でもない。パチンコを思わせる飾りつけもないし、パチンコの屋台も出ていないし、そもそもここは駐車場の中でもパチンコ屋から一番離れている。むしろ、みどり湯の方が近くにある。

琢磨は首を伸ばして、白いテントの向こう側の、みどり湯がある方に顔を向けた。建物は隠れていて見えず、祭りのテントから突き出すように、灰色の煙突だけが見えていた。

テントの前で希春が手招きしている。琢磨は小走りで近寄り、テントの中を覗き込んだ。屋台ではなく、美術品の展示をしているブースだった。一目でしろうと造りと分かる絵や彫刻が置かれている。販売しているのかと思ったが値札はないので、展示だけなのだろう。希春は「へえ」とつぶやいたきり黙って、興味深そうにそれを眺めている。浴衣の袖が作品に触れてしまわないようにたくし上げて、両方の手でそれぞれの裾を摑んで持っている。琢磨もバックパックを体の前に回して持ち直した。

「これ、前に一緒に観に行った、現代美術展の作品とちょっと似てる」

「ほんとだ。六本木で観たやつでしょ、ドライヤーがたくさん積み重なってタワーになってた、なんだったたっけタイトル。髪の亡霊とか、いらなくなった髪たちとか、とにかくドライヤーじゃなくて髪っぽい名前が付いてたんだよね」

テラさんと真智加さんがそんなことを話しながら眺めているのは、一枚の絵だった。学校の階段の踊り場に掲げられているのと同じくらい大きい。黒がメインのまだらになった背景はよく見るとたくさんの線で描かれていて、黒や茶色や黄色の線がうねるように引かれていた。その上に絵ではない実物の手鏡がいくつも貼り付けられている。四角くて小さいものが多い。クラスの女子が休み時間の度にポケットから取り出すのと似ていた。透明なアクリルの蓋にディズニーのイラストが描かれているタイプの鏡。それがたくさん重なって、絵の中心部分を頂に、山盛りになっているのだった。鏡に、絵を覗き込んでいる四人の顔が映っている。みんな髪がある。テラさんと真智加さんのはにせものの、希春と琢磨の髪はほんものの髪だった。

「タイトルは〃もう見なくていい〃だって」

絵の下に掲げられたプレートを読み上げるテラさんの声に、すこしの侮蔑が含まれているのを琢磨は感じ取り、「別に髪だけを見るために鏡を持ってるんじゃないですよね、みんな」と言ってみる。テラさんが大きく頷いて「そもそも手鏡って化粧直しとかに使うんだけど。髪とか最後にちょいちょいっとつまむだけじゃない?」と低い声で言う。

「そうだったよね、確かに」

真智加さんが話を引き取り、テントの中にいる他の人たちの目を気にするように見回して、明るい声で「うちらが高校生の時もこういう鏡持ってたよね。ポケットに入れてたわ」と懐かしそうに続けて、話の筋をそっと逸らした。希春が「わたしも持ってます。今も」と言い、和柄のポシェットから手鏡をちらりと覗かせて見せた。

足首まである長い髪を体にまとわりつかせた裸婦像、はげに描き変えられたモナリザとどこも変えられていないムンクの叫びの模写、むかし撮ったらしい髪がある頃の作者の写真を等身大に引き伸ばして印刷し、抜け落ちたらしい地毛を写真の髪の上から張り付けた展示。美術が得意ではない琢磨でも作れそうなものが続いたかと思うと、急に完成度の高い作品もある。

「いろいろあるけど、これ、どういう集まりの人たちの展示なんだろうね。美大のグループとかではなさそうだけど」

真智加さんがそうもらすと、すこし離れたところに立っていた男の人が近寄ってきて、「こういうグループなんです」と文庫本くらいの大きさのチラシを差し出してきた。琢磨がその人の胸元に視線を向けると、ファミレスの店員が付けているようなプラスチックの名札に〈本多〉と書いてあった。はげなのに顔がなんか、すごく整ってるっていうか、丁寧な感じがした。ただのおじさんなのに妙に爽やかな印象を受けるその顔を、琢磨は直視できずに視線を逸らした。

真智加さんが「参加者の方でしたか。すみませんうるさくしていて」と恐縮してチラシを受け取る。男の人は無言で首を横に振って穏やかにほほ笑むと、すっと離れて行った。真智加さんとテラさんがチラシを覗き込み、へえ、ふうん、と言い合った後で首を傾げつつ、希春と琢磨に「見る？」と回してくれた。

つるっとした光沢のあるクリーム色の紙にはイラストは何もなく、やわらかく丸いフォントの字で『みどり髪の会　ほんとうの髪を大切に思う人たちの集まり』と書かれていた。

○

みんなはげてしまう前、真智加の髪はいつも長かった。髪先が胸の下にくるくらいの長さ。お腹まで届くと魔女っぽくなるから、その手前ぎりぎりまで長くしていた。

そのくらいの長さでいると、多少切って毛先を整えても、誰にも髪を切ったと気付かれないから。そんな理由で維持していたロングヘアだった。

最後に髪を胸より上の長さに切ったのは、小学五年生の時だった。だいぶ伸びてきたから切りなさいと母に言われた。「毎朝あなたの髪を結ぶの、お母さんちょっと大変なんだけど」その頃、真智加の長い髪をポニーテールに結ぶのは母の仕事のひとつだった。真智加が自分で結ぼうとするとどうやっても低い位置になってしまい、頭の上の方からすらりと降りたポニーテールの形は、母にしか作れなかったのだ。しばらくはのらりくらりとかわしていたけれど、ある時しびれを切らした母に「あなた髪を伸ばしたいの？　伸ばしたいならそう言いなさい」と面と向かって問われ、「伸ばしたいわけではない」と答えると、もう疲れた、という意味合いのため息を額に吹きかけられ、その頃はまだ近所にあった美容室に連れて行かれた。

首にかかるか、かからないかくらいの短さだった。ポニーテールはもうできなくて、暑い日には頭の後ろ、首の付け根の辺りできゅっとひとつにまとめた。

「髪切ったんだ！」

登校してすぐに、テラが声をかけてきた。周りのクラスメートがちらりと真智加の頭を見た。女子が何人か「ほんとだ」と言い合い、男子は興味なさそうに視線を逸らしたり、もう一度横目でそっと見たりした。その中には真智加が当時気になっていた男子もいた。

「へえ、いいじゃん、似合う！」

あの頃のテラは、語尾にいつも感嘆符を付けているようなしゃべり方をしていた。声が特別大きいということではなくて、話し始めた時よりも口を閉じる寸前の声の方が一段大きくなるのだった。

「あっ、でもその長さだとポニーテールできなくない？　せっかくはげのとこ隠れてたのに！」

ふっ、と笑ったのはテラではなく真智加の後ろ側にいた別のクラスメートだった。おそらくあの子、と思い浮かぶ顔はあるのだけど、その時真智加は振り返ることができなかったので、三人いるうちのどの子かまでは特定できていない。だから三人とも敵ということになった。今でも地元に帰った時に町の中で見かけることがあるけれど、気付かないふりをして避けている。そうとは知られず、敵がどんどん増えていった。はげているというだけで。

みんな、自分を傷つけた者とどうやって折り合いをつけているのだろうか。傷はどのように乗り越えるものなのか。許すのも許さないのも、どちらにしても選択するのは自分だということも、しんどい。真智加は、自分だけが傷ついているわけではないということも分かっているつもりだった。ブスとかデブとかチビとか、陳腐で分かりやすく他人を貶める言葉は、はげの他にもやすやすと飛び交っている。けれどはげだけが、いつまでも堂々と他人に突きつけても良い刃であり続けているような気がしてしまうのだった。

テラは誰かが笑ったことに気付いていない様子だった。あるいは、ふっという笑い声は聞こえていたけれど、自分の発言が誘発した笑いだとは思わなかったのかもしれない。笑い声はひとつだけで、一回だけだった。思わずこぼれてしまった笑いだった。真智加に聞かせるためでも、傷つける意図があるものでもなかった。でも、わざとじゃないから攻撃ではないってことにはならない、と真智加は思う。だからずっと新しく恨み続けている。それは多分、テラに対してもそうだ。けれどテラは友だちで、恨んで嫌いだと思う気持ちと同じくらい、重ねてきた友情にも偽りがない。真智加は自分からテラを遊びに誘わない。テラから誘われたら断ることはない。そうやって続けている。

祭りの騒めきの中で、自分だけがうまく浮き足立てていない気がしている。

「ほんとうの髪を大切に思う人たちの集まり、ね。宗教っぽい感じかな。どう思う?」

テラが叫び切るような話し方を止めたのはいつだったか。大人になるにつれて自然とそうなっていったのか。真智加は時々思い出そうとするが、テラの話し方に関する記憶は、大学生だったあの日、テラの髪が先に全部抜けてしまったところで一度途切れてしまう。髪がなくなった後のテラはもう、今みたいな静かな話し方だった。

「宗教かどうかは分からないけど、さっきの展示には、強いきもちが入ってる感じだったよね」

展示のブースで男の人からもらったチラシには『みどり髪の会』とあった。確か、テラが占い師に教えられて飲んでいる薬、あれにもミドリガミノカイというのが関わっているんじゃなかったか。占いに行ったあの日にテラのスマホで見ただけなので、今一つ確信が持てない。テラも気にしている様子はないので、真智加の勘違いかもしれない。名前が似ているということでは、もしかして、みどり髪の会はみどり湯と何か関係があるんだろうか。

真智加は首を傾げる。みどり湯に通っている時に、特別な思想に触れた記憶はなかった。地域住民に愛される普通の温泉施設だった。変におしゃれぶったところがないのも良かった。と、通わなくなってまだひと月ほどなのにすでに懐かしい。

髪が生えてきて以来、誰かに見られるのが嫌でみどり湯には入っていない。どこの温泉でも、はげ隠し用に水泳用のキャップ（ただしプールで使用したことがないものに限る）の着用が認められているけれど、五年前ならともかく、今どきそんなものをかぶっている人は滅多にいなかった。みどり湯がある方向に顔を向けるが、テントの陰になっていて見えない。しかし、すぐ近くにあるはずだ。

みどり髪の会の展示は、個人的にはおもしろかったが、テラは気に入らなかったようだし、中学生の二人が見ておもしろいものかどうかも分からず、かと言ってチラシを渡してくれた男の人もそばにいたので、あまり足早に出て行くのも感じが悪いと思い、じっくり見るでもなくさっさと出て行くわけでもない、中途半端にのろのろした歩みでテント内を進むことになった。やぐらを中心に円を描いて並べられたテントはひとつひとつ独立しているわけではなく、全てみどり髪の会が運営しているようだった。美術作品の展示はテント二つ分をつなげて行っている。長方形の白いテントは、立ったままであれば大人が二十人は雨をしのげそうな広さがある。

中学生二人には申し訳ないな、せっかくのデートなのに。そんなことを考えながら様子を窺うと、意外にも希春は熱心に展示を見ている。展示に触れないよう配慮してなのだろう、赤い浴衣の袖をたくし上げて持つ手がかわいらしい。琢磨は希春ほどの熱はないけれど、つまらなそうな顔をするわけでもなく、足を止めて展示を見上げている。最後尾から付いて来るゆったりとした足取りに、希春を急かしてしまわないようにという気遣いが見られて、中学生男子というのはこんなに大人びていたのだっけ、と自分の記憶と照合してみて戸惑う。だいたい、女の子とのデートに見ず知らずの大人が二人も付いて来ているのに、お互いの自己紹介が済んだ後で、「今日はお世話になります」とさらさらの髪が生えた頭を小さく下げて見せた子だ。琢磨が合流する前に、希春が「すごく優しいの」と言っていた意味が、この短時間でもよく分かる。

展示コーナーのテントを抜け出て行こうとした時に、先ほどチラシを渡してくれた男性が近寄って来て、「十四時から、あちらのステージで出しものがありますので、お時間があったらぜひご覧になってください」とみどり湯側に作られた仮説ステージを指さした。真智加はお礼を言って、他の三人に「見てみようか」とわざとらしく声をかけながらテントを離れた。

希春と琢磨が素直な速さでステージの方へ向かおうとするのを引き止め、お腹が空いたから屋台で食べ物を買って来てほしいと頼む。遠慮する二人の手に千円札を五枚握らせ、飲み物も買ってきてほしいと言った。屋台の並びに戻って行く中学生の後ろ姿をしばらく眺める。希春の方がすこしだけ背が高いが、中学一年生くらいだと女子の方が体格が良いだろう。きっとあっという間に琢磨に追い抜かれるのだろうな、とほほ笑ましく思っていたら、テラがすっと三千円を差し出してきた。どうも、と言って受け取り、五百円玉を財布から出して渡した。細かいなあ、とテラが口を尖らす。

「テラ、どう？　おもしろい？」

「誘っておいてあれだけど、まだよく分かんないかな。展示は微妙だったけど。それよりわたし、ステージが楽しみ」

「えっ、ステージ観るの？」

「あれ、そのつもりで食べ物の買い出しをお願いしてくれたんだと思った。ほらこれ見て」

テラが差し出したのは、先ほど展示のテントで渡されたチラシだった。展示説明の裏を指さす。ステージのプログラムが書かれていた。〈14時～ありのままアイドルの登場〉とある。

「へえ、アイドルなんて来るんだ。わたしあんまり詳しくないけど、有名な人？」

「さっきスマホで調べたら、七人組で、十代なんだけど、全員はげてるんだって。それで、ウィッグはかぶらないで活動してるって」

一般人はともかく、日本の芸能人のしかも十代のアイドルで、はげを隠さずに活動しているというのは珍しい気がした。少なくともテレビで見るアイドルたちの多くは、まだ髪があるかウィッグをつけている。

たこ焼きと焼きそばとコーラを手にした希春と琢磨が戻り、四人でステージ前に並べられたパイプ椅子に座った。

ステージが始まる頃には満席になっていて、その騒めきに何があるか知らずに来た客も足を止めるので立ち見客も増えた。みんながアイドルの登場を待っていた。はげの祭りというだけあって、ウィッグをかぶっていない人が多い。半分以上がはげのまま来ている。希春たちのようなまだ髪が残っている子どもの姿も、多くはなかった。親に手を引かれた幼い子どもたちがちらほらいるほかは、ほとんどが大人のはげだった。

髪のない頭が並んだ光景にどこか既視感を覚え、なんだろうと自分の胸の内を探ると、はだかが浮かんできた。はだかはだかはだか。そうだ、みどり湯だ。風呂の中で誰もウィッグをかぶっていない、あのはだの色だらけの風呂場に、似ているのだ。

目の前に湯気が立ち上って来たような、ぼんやりした気持ちでいると、派手な音楽が鳴り、メンバーが登場した。七人いる。全員はげで顔がきれいなので、衣装の色でしか見分けがつかない。衣装は虹と同じ配色で七色だった。色を揃えないのは、彼ら自身も自分たちの見分けのつかなさに自覚があるからではないか、とそんなことを考えながら、踊る彼らを目で追う。マイクを持っているが、音源から流れている歌は録音のようだった。ダンスは激しく、腕や脚をあんなにぶんぶん振りまわしていては、歌うのは無理だろうと思った。最前列に並んだファンらしい女性たちが曲の合間合間に合いの手のような声をあげるが、客席の真ん中より後ろに座る客は、真智加たちを含めてそのノリが分からず、熱心なファンたちが大声をあげる度にすこしどきどきした。はげははげというだけで親和性を感じていたけれど、ここにいてもいいのだろうか、とそれは所属意識の足場が崩される不安のようなものだった。

アイドルたちは、二曲続けて踊った後、いいお祭り日和ですねえと、当たり障りがないトークで場をつなぎ、次はぼくたちがアイドルを目指すきっかけになった曲ですと紹介して、真智加も知っている有名なむかしのアイドルの曲を流した。ダンスは控えめで、今度はほんとうに歌っていた。ダンスより歌がうまいと真智加は思ったが、その歌が流行したのはまだほとんどの人に髪があった時代で、当時それを歌っていた男性アイドルグループは全員髪がふさふさだった。その姿と今目の前にいるはげの彼らの姿が、頭の中で重なり合って乖離して、また重なって、を繰り返す。

スローテンポのダンスは元のアイドルの動きを踏襲しているらしく、腕を前に伸ばしたままゆっくり持ち上げていったり、歩いて他のメンバーと立ち位置を交代しながら歌ったりしているのだけど、そのうちの一人がサビで髪をかき上げる仕草をした時に、これはもうだめだ、わたしはもう見ていられない、と真智加は観念した。本来前髪があるべき場所から頭頂の方へ向かってつるっと頭をなで上げたその手で、そのままべりべりと頭皮を引き剝がして頭蓋骨を暴いてしまえばいい。

トイレ行ってくる、と隣に座るテラに告げて席を立つ。テラは頷き、またすぐにステージへ視線を戻す。口がうすく開き、目がたくましく輝いていた。テラの向こう側に座る、希春と琢磨も熱中してステージを見ていた。素直な子たちだね、とほほ笑ましくではなく、意地悪な気持ちで真智加は思う。

テレビに出ている大人のアイドルのほとんどはウィッグをかぶっていて、まだ髪が抜けていない十代のアイドルは、バラエティ番組で「ほんとにほんものだ」と髪を引っ張られたりする。ちょいちょいっと引っ張るだけだったけれど、ほんものの髪の持ち主が「抜ける抜けちゃう！」と騒いで嫌がるところまでがひとまとまりの見世物になっているのは、見ていて楽しい光景ではなかった。

トイレに行きたいわけではなかったけれど、離席したついでだからほんとうに行っておこうと思って場所を探し、美術品を展示するテントの近くに仮設トイレがあるという案内板を見て、そちらに向かう。

法被を着た女の人が、テントの中心に組まれたやぐらの下で、ペットボトルのお茶を飲んでいた。この人ははげのままじゃないんだな、祭りの関係者らしいのに、とはちまきを巻いた頭と横顔を見つめる。長い金髪を頭の後ろでひとつ結びにして背中に流していた。ウィッグの上からはちまきなんて接着面がねじれてしまいそうだけど、はちまき型に元々留めてある髪飾りの一種だろうか、そんなことをぼんやり考えていたら、ぱっとこちらに顔を向けたその人と目が合い、見つめすぎて不審に思われてしまったかと慌てて顔を逸らした。そしてまたすぐに向き直る。相手も小さく会釈を返した。あの占い師だった。「こんにちは」と声をかけられる。

「前に、占いに来られた方ですよね。えーと、お名前は忘れちゃったけど」

ほんの十数分話しただけの客のことを覚えているなんて、もしかしたら占いに来る客は少ないいんだろうか、テラの話しぶりで勝手に人気だと思っていたのだけど、と真智加が考えていると、占い師が近づいて来た。

「お客さんみんなを覚えているわけじゃないですけど、あなたのことは、珍しいから覚えていました。お友だちとご一緒でしたよね。そちらの方の顔はもう覚えてないんだけど。というかあなたのことも正確に言うと顔を覚えていたわけではなくて、頭を覚えていました。ほんものの髪が生えている人って最近なかなか見かけないから」

真智加がとっさに自分の頭に手を当てると、占い師は手を伸ばしかける仕草で「大丈夫。ウィッグがずれたりとかは、してないです」と言った。

「わたし、そういうのだけは分かるんです。髪を得意分野にしている占い師なので」

「そういうのっていうのは」

「ほんものの髪がある人かない人かってことです」

ひとつ結びにした金髪を右手で引っ張って見せる。

「これもほんものですよ。わたしははげてない」

髪を引っ張った勢いではちまきがずれるが、手を離すと髪は元の位置へするりと戻って行く。ウィッグではないほんものの髪だった。占い師ははちまきを一度解いて結び直している。額の上できゅっと固く結ぶ。髪がある頭に強く力を加える動作が新鮮で、思わず見入ってしまう。

「隠してるんですね、髪が生えていること」

「別に隠しているわけじゃ……。生えてきてまだ二か月程ですから、すぐ抜けるかもしれないし」

「非難しているわけじゃないですよ。みんな髪がないのに、あなただけ髪がまた生えてきたらいろいろ言われて面倒だろうなと思いますから」

「占い師さんは隠してなくて大丈夫なんですか」

「こうやって堂々としてると、みんな勝手にウィッグだと思ってなにも言ってこないですね。最近のは頭皮の感じまでリアルに再現してるし、ちょっと引っ張ったくらいじゃ取れないでしょう。だからあんまりばれない。自分から言わない限りは。で、自分から言うと、わたしの場合は面倒ごとよりお金が増えますね」

「あの、前に占った時に一緒にいた友だちが、あなたに絶対に髪が生える薬のことを教えてもらったって言ってたんですけど。あれってなんなんですか。ほんとうに生えるんですか、あなたみたいに」

「絶対に髪が生える薬って、言ってましたか、やっぱり」

「違うんですか?」

「わたしは、わたしみたいになれる薬って、お伝えしましたけどね」

占い師が右手で前髪のほつれを直すような仕草をした。指が細い。とにかくお金ですね、と真智加の固い表情を受け流して占い師が話を続ける。

「占いもそうですし、そこで提供している情報も、わたしに髪が生えている方が売りやすいし、あとは今日のお祭りみたいな」

「今日のお祭りにはどういう関係が?」

占い師の着ている法被を見る。居酒屋円の制服とは違う、はっきりした明るい青色に、白の波模様と「祭」という赤い文字が散らされた、むかしながらの祭り法被を着ている。小学生に着せるような柄なのに、背すじの伸びた占い師が着ると妙に様になる。青地に垂れた金髪が美しく映えている。この髪はほんものなのだ。

「みどり髪の会、わたしも一枚嚙んでるんですよ。あそこに、」と美術作品の展示をしていたテントとはやぐらを挟んで反対側のテントを指さす。「みどり髪の会のメンバーが髪にまつわる話をするブースがあるんですけど、古参のメンバーの男性で、五年前、はげの人が出始めた一番初めの頃に髪が抜けた人がいて。混乱して咄嗟に、公園の公衆トイレで子どもの髪を切ってしまったそうなんです」

覚えている。そういう事件がいくつも起きた。子どもが相手だったり、まだはげていない家族相手だったりしたけれど、はげが原因の、今考えるとばかばかしい、けれど当時はだいぶ深刻な問題だった。

「一度は怖くなって逃げだしたんですが、しばらくして現場の公衆トイレに戻って、通報を受けて駆け付けていた警察官に自首しました。暴行罪で逮捕されて、その後示談が成立したため前科はつかなかったんですが、当時勤めていた会社は辞めることになりました。営業職だったらしいです。しゃべるのは得意だし、人当りもいいから、事情を知らなかったら大きな企業の部長さんって言われたら納得するような感じの人です。今はエッセイや小説を書きながら、髪関係の集会やお祭りで、自分の犯した罪を告白する活動をしています」

髪がなくなったというだけで人生がそんなに大きくうねる人がいるのかと、とっくに知っているはずのことに、いつも感覚だけむかしの世界から引き寄せるようにして新鮮に驚いてしまう。でもそれが占い師とどう関係するのか。真智加の腑に落ちないという表情を読んだらしい占い師が、それで、と話をつなぐ。

「髪がなくなってしまって、それで人生が終わりだって感じている人がけっこういるんです。だけどほんとうに人生が終わってしまうわけではなくて、続いていくから、どうにか乗りこなしていかなくてはいけなくて、それは、むかしどおりの生活を続けたり、髪関係の研究をしたり、自分の変化について人に話をしたり、人によっていろいろな方法があると思いますけど、どんな人でも、はけ口は欲しい。わたしははけ口です。ほんものの髪がある。しかもこれは、抜けなかった髪ではなくて、全部抜け落ちた後、生えてきた髪なんです。奇跡だって言われています。奇跡だすごい、あるいは、奇跡だひどい、ずるい。崇めることも恨むことも、はけ口の機能としては同じですから」

その時、ステージ側から一際大きな拍手が聞こえた。真智加ははっと目を見開いた。

「戻らないと。友人を待たせてるんです」

占い師は頷いて、よろしくお伝えくださいと言った。

みんなのところに戻ると、ちょうどアイドルグループが退場していくところだった。歓声というほどではないけれど、そこそこ大きな拍手があがる中、七人のメンバーが手を振りながらステージの脇へはけていく。はげた頭から湯気が昇っているのが見えた。真智加はほとほと嫌な気持ちになる。あんなものは見たくないと、自分だって運動した後では同じようになるのに、自分のことは棚に上げて嫌な気持ちを体中にまんべんなく広げて、それから、そうだわたしは髪が生えてきたからあんなみっともないことにはならないのだ、と棚に上げておいた自分のことを降ろしてきてほくそ笑む。

口元のゆるみを自覚した時、振り返って真智加に気付いたテラと目が合った。テラも笑顔だった。

祭りの帰り道、中学生の二人と別れた後で、テラに「前に占い師に教えてもらった薬って、飲んでるの」と聞いてみた。テラは当たり前じゃん、と目を大きくして答えた。当然のことをなんでわざわざ聞くのか、と驚いている様子だった。テラの頭ははげている。真智加が、信じているの、と尋ねる。テラは首を傾げて、そんなこと考えたことなかったな、と言った。

○

夏祭りから三週間後の週末、テラからみどり湯に誘われた。琢磨の母親にもらったサービス券の有効期限がもうすぐ切れるから、一緒に行こうという。そのメッセージが届いた時、真智加はちょうどウィッグをかぶる準備をしていたところだった。

真智加の髪は三センチほどに伸びて、坊主とショートカットの間くらいの中途半端な形になっている。生えてきてから一度もハサミを入れていないので、部分によって の長短がなく、短いのにもっさりして見えた。地毛の上にウィッグをかぶるとすべっ てすぐに取れてしまうので、髪用ネットを頭にかぶせ、その上からウィッグをかぶっ ている。ネットの中はむれるが仕方ない。

〈ごめん！　この土日は予定ある〉

ネットをかぶった頭のままで返信する。スマホを置いてグレーの短髪ウィッグに手を伸ばすが、それをかぶる前に電話の着信音が鳴った。真智加はさっと背後を振り返って、部屋のカーテンが閉まっていることを確認し息を吐く。髪が生え始めてから、こういうことが時々ある。誰もいないのに人の目が気になる。すこしおかしくなっているのかもしれない。いや、実際におかしいのだ。なにしろ、髪が生えてきているのだから。一呼吸置いてスマホに手を伸ばす。

「もしもし？　じゃあ来週の平日は？　これ有効期限が今度の金曜日までなんだよね。真智加、早く帰れる日ある？」

「来週はうーん、ちょっと待って」と言ってスケジュールを確認するふりをして数秒おき、それから、「ごめんなんかちょっと厳しいや」と申し訳なさを装って答える。

「えー、どしたん」

テラが不満そうにではなく驚いたように声をあげたので、この子は自分の誘いが断られるはずがないと思っているんだな、とおもしろくなくなる。テラの誘いは断らない、と自分から誘わない代わりに決めていることなのに、急にしんどい。

繁忙期で、風邪気味で、親の体調が悪くて。いくつか浮かんだ言い訳のうち、一番手前にあったひとつを慌てて取り出して投げた。

「今繁忙期で、ちょっと、やばくて、」沈黙というほどではないけれど数拍の間が空いてそれが恐ろしく、真智加は慌てて言葉を詰める。

「再来週くらいには落ち着きそうなんだけど。ごめんね、サービス券の有効期限過ぎちゃうね」

「なんか、真智加、これからどんどん遊んでくれなくなりそう。どうせ出世とかしていくんでしょ」

ちくりとした調子でテラが言い放ち、真智加はもう一度「ごめん」と謝る。出世するまで会社にいられるか分からないけど、と自分の髪のことも考える。落ち着いたら連絡して、と言われて、絶対連絡する、と約束したけれど、多分、真智加から連絡するよりも先にまたテラから連絡があるのだろう、とそんなことを考え、電話を切る。ウィッグをかぶって立ち上がる。財布の中に入れたままにしていた、みどり湯のサービス券を取り出して、ゴミ箱に捨てる。もっと早くに捨てていても良かった。

一か月に約一センチのペースで髪が伸び続け、真智加が持っている四つのウィッグのうち、一番短い赤みがかった黒髪のシュートウィッグと地毛が同じ長さになった時、真智加は初めてウィッグをかぶらずに部屋の外に出た。冬で、夜だった。

アパートから一番近くのコンビニまで、なるべく大きな道を避けて住宅街を歩いた。学校や職場から家へ帰る人たちとすれ違ったが、みんな疲れた顔で家路を急いでいたし、半分くらいはスマホを見ながら歩いていて、真智加などは存在していないかのように一瞥もくれなかった。

真智加は丈の短い黒のダウンにジーンズを穿いて、首にはグレーのマフラーを巻いていた。マフラーは肩掛けのショールにもひざ掛けにもなる大判の布タイプで、首に二巻きして頭のうしろでぎゅっとしばると、あごまで埋もれてあたたかかった。髪の襟足もマフラーに隠れて見えない。コンビニに入る時、ガラスに自分の姿が映っていた。もこもこのマフラーの上、黒くてまっすぐなショートカットの髪。それがウィッグではなく自分自身の髪であることが、この数か月毎日鏡で見てきた事実なのに、信じがたい。

自動ドアが開いて、ガラスに映っていた自分の姿は消え、代わりにレジ前に並ぶ客の姿が目に入った。前から男、女、男の順で、全員はげていた。全員スーツで疲れた顔をしていた。平日の仕事帰りはウィッグを外している人が多い。レジに立っている中年女性もはげていた。見慣れた光景であるはずなのに、自分以外の全員がはげている状況に、居心地の悪さを覚える。けれど、ふさふさの豊かな髪をヘアアイロンで巻き、編み込みにして飾り付きのピンを差してアレンジを楽しんでいた同級生の間に挟まれて、なにもできなかった頃の居心地の悪さとは別種類だったので、そこには優越感も混じっているということを、真智加は自覚した。

ペットボトルの飲み物が並んだ扉付きの冷蔵庫のガラスの前で、真智加はもう一度自分の姿を映して見る。均一の長さで生えた髪を、自分で切って整えた。前髪が短すぎるが、そういう髪型のウィッグだと言われればそう見える。家の洗面台の鏡ではちぐはぐに見えた髪が、こうして外で見てみると案外悪くはない。そう、悪いはずがない。ほかの人には髪がないんだから。もし切るのが下手だったとしても、髪があるわたしの方がいいに決まっている。早口で怒鳴るようにして、真智加の心がそれだけのことを言い切った。真智加は一人頷いて、そうだね、そう思う、と自分に同意する。ほんもののビールを一本買ってコンビニを出た。帰りは、大きな通りを歩いた。

それから更に三センチほど髪が伸びた頃、地毛のままでテラと遊びに出かけた。駅前で待ち合わせたテラは「まっくろショートのウィッグ初めて見た。新しいやつ？いい感じだね」と言って手を伸ばし、毛先に触れた。「うわ、柔らかい」と驚いた声を上げるが、まさか地毛だとは思わなかったらしく、「すごいね」とウィッグ技術の発達について感心していた。真智加の髪に触れていたテラの指が、離れる瞬間わずかに頬をかすめた。テラは今日、栗色のロングウィッグをつけている。

　エレベーターが混んでいたので、エスカレーターで八階まで上がることにする。テラと二人で並んで歩き、エスカレーターが近づいて来たところで無意識に一歩前に出る。テラの前の段に乗り振り返ると、自分の首の高さにテラの頭頂部があった。

　上りだったら先に、下りだったら後に、エスカレーターに乗る。自分の頭が相手の目線に近付かないように。この世界になってからもほどけずに、体にしみついている習慣だった。それに今は、ほんものだからこそにせものよりはっきりと薄い、髪の分け目が気になった。テラに髪がほんものであるとばれるとしたら、髪のほんものらしさによってではなく、目立つ地肌の、はげのせいだろう。

　百貨店の催事場で広げられているのは頭皮用のタトゥーシールだった。ワンポイントのものもあるし、自分の頭のサイズに切り取って貼ると坊主頭に見える大きなサイズのものもあった。販売スタッフの何人かが、坊主頭タイプの全体タトゥーシールを貼っていて、数メートル離れるともうシールには見えない。「すごい、完成度高いよね」とテラがはしゃいでいる。「一回貼ったら二週間くらい持つんだって」

はじめて使うからワンポイントのタトゥーシールにすると言って、テラが見本で並べられたラミネートカードをめくっている。うすだいだい色の画用紙の上にタトゥーが貼られ、透明のラミネートでとじられている、文庫本サイズのカードの束だった。草とつたが這った柄や、花束、花火、波とくじら、ネコのシルエットなどおしゃれな雰囲気のものから、富士山、般若、銃器など主張の強いもの、ハンバーガー、カメラ、コンパス、自転車の絵もあった。白黒が多いがカラーのものもある。

「これにしようと思う」

テラが選んだのは、大小の星が散った柄のタトゥーで、右から左へやや下がったラインになっている。頭頂から首のうしろへ流すように貼りたいのだと言う。

「自分でも貼れるらしいけど、不安だからお店の人にやってもらうね」

レジの後ろ側にある、化粧席に通されたテラがウィッグを外す。つるんとしたはだかの頭になる。店員から手渡された除菌シートで頭を拭き、それから白いシールで頭を覆った、かと思うと一気に引きはがした。ばりばりと音がする。少し離れた場所からそれを見ていた真智加が驚いて「えっ」と声を上げると、近くに立っていた店員が

「うぶ毛を抜いているんです」と説明してくれた。

「みなさんの頭には、髪の毛はなくなってもうぶ毛が生えていますから。ほら、お顔の、ほっぺたの辺りとか、なにも生えていないようでもよくよく見ると、細くて透明な毛がびっしり生えていますよね。霧吹きでお水をかけると水滴が付くので分かりやすいんですけどね。頭にもそれがあって、その上からだとタトゥーが綺麗に貼れないんです。なので、毛抜きシートでうぶ毛を一気に抜いています。ちょっとだけ痛いんですが、我慢ですね」

はあ、うぶ毛が。真智加が何度も頷きながら説明を聞いている間に、タトゥーを貼り終えたテラが戻って来る。いい感じだね、新鮮で。真智加がそう言うと、テラは切りすぎた前髪をほめられた時のようにはにかんで、今日はこのままウィッグをかぶらずに過ごすと言った。

「真智加はタトゥーしないの」

「わたしはいいや。みどり湯はイレズミもタトゥーシールも禁止だから。入れなくなっちゃう」

「そっか」

ほんとうは、みどり湯にはもうずっと行っていない。あのはげとはだかだらけのあったかいお風呂が、むしょうに恋しくなる。テラが、やっぱり後何枚か買っておくと言うので、一緒にタトゥー売り場に戻る。一枚選んでよと頼まれて、真智加が子どもの頃好きだったアニメに出てくるモンスターの絵を選ぶと、テラは、それ貼ってもいいけど責任もって一緒に遊びに出かけてよね、と笑った。


テラがタトゥーシールにはまっていた頃、テラの恋人を紹介された。駅前の喫茶店に呼ばれて行くと、店の真ん中にある四人がけのテーブルで、テラとテラの恋人が横に並んで座って待っていた。真智加は「友だちの真智加です」と挨拶して、テラの前の席に座った。テラの恋人は三十歳くらいに見える、やや猫背で体が細い人だった。めがねの奥の目が細くて静かだった。「佐島です」とゆっくり頭を下げた。

真智加とテラが小学校からの友人であること、今でもしょっちゅう遊んでいること、テラと佐島はマッチングアプリで出会ったこと、アプリには髪が生えていた時代の写真をアップしている人が多い中で、お互いしっかりはげた後の写真しか載せていないところで気が合うんじゃないかと思って会ってみたのがきっかけだったこと、なんかを話して、テラがトイレに立った時に、佐島が真智加に尋ねた。

「テラさんて、これまで、恋人はけっこうたくさんいましたよね」

尋ねる形式ではあったけれど、教えてほしいというよりは、そう思っていますという表明だった。どこからをたくさんとするかは人それぞれ、と思ったものの高校から大学までの間で、テラが付き合っていた人が何人か頭に浮かんだので頷くと、佐島は「やっぱり」と合点した。

「みんながはげてくれて良かった。ぼくは元からはげていたから、みんなもはげてくれたおかげで、テラさんみたいな上の人に選ばれた」

その時、テラが戻ってきたので、真智加は佐島に「わたしもそうなんです」と言い返すことができなかった。多分わたしも、同じ理由でこの世界にいることが許されているんです。

佐島と会うことはそれきりなくて、数か月後に、別れちゃった、とテラから聞いた。

テラにはまたすぐ別の恋人ができた。

テラはそれから一年ほどタトゥーシールにはまっていて、見る度頭が違う柄になった。その上にウィッグをかぶる日もあったし、タトゥーを見せるためにウィッグをかぶらない日も増えた。二人で飲みに出かけた時、店に入る前に連れ立ってトイレに寄った。ファンデーションやリップクリームを入れているテラのポーチから、例の薬が覗いて見えて、真智加はまだ飲んでいたのかと驚いた。テラに髪が生えてくる気配はない。

真智加の地毛は肩を過ぎるくらいの長さになっていて、大人が美容室に行くわけにはいかないので、自分で適当に切り揃えていた。染髪もパーマもしていない髪はまっすぐな黒髪で、はげる直前に真智加が持っていた二十歳の頃の髪よりも、しっとりと柔らかくつやがあるようだった。見比べたわけではないけれど、指どおりや頭をなでた時の感触でそう感じる。

真智加は地毛のまま出かけたり、地毛を髪用ネットに包んでその上からウィッグをかぶって出かけたりした。何週間も同じ髪型では、職場の同僚にあやしまれてしまう。四種類持っていたウィッグのストックは七種類に増え、予定や天気や季節などで使い分けた。真智加はすっかり「はげのままでは生活しない人」になっていて、ありのままの自分で過ごすと決めている人たちや、テラのようにタトゥーや頭皮の装飾品でおしゃれを楽しむ人たちと比べて、ふるいタイプの人、というふうに扱われた。

飲み会で酔っぱらったとしても、真智加だけは決してウィッグを外さないので、いつしかここ数年の間に真智加のはげ姿を見たことがある人は周りにいなくなり、むかしから真智加を知る人は、「あの子は元々髪が少なかったから、はげにコンプレックスがあるんだと思う」と言い、それを聞いた他の人たちも、なるほどと納得して、過度な詮索はしなかった。

真智加は、隠しごとがあるのは自分自身であるのに、はげであったことがいつまでも自分を孤独にしている、と何度も新鮮な気持ちで悲しむ。悲しみが募ってたまらなくなった日は、一人きりの部屋で髪が一番美しく見える角度でライトを当てて、鏡の前に座り、美しい黒髪にうっとりとくしを通した。

3

被害者の男の子には、いつも申し訳ないと思っています。後で警察から聞かされて知りましたが、当時八歳ということでした。小学二年生。友だちと遊んでいた公園で、いきなり知らないおじさんに背後から髪を切られ、どれほど怖い思いをしただろうかと思います。今は十八歳、高校三年生になっていることでしょう。ご本人とはもちろんご家族とも、警察と弁護士を通してしかやりとりしたことはなく——とにかく二度とうちの家族に近付かないでくれと言われておりましたので、直接お詫びに伺ったこともありません。謝罪の気持ちを手紙にして弁護士から渡してもらいましたが、当然のことながらお返事はありませんでしたので、読んでいただけているかどうかは分かりません。当時小学二年生だった被害者に謝りに行っても、本人が余計に怯えるばかりだったでしょうから、ご家族が近づくなと仰るのは、全くそのとおりだと思います。

あの時私はどうかしていて……というのは犯罪者の供述としてありきたりでしょうが、本当にそうだったんです。十年前のあの日、私はどうかしていました。

○

この人は何度この話を書いてきたのだろう。その回数が知りたかった。書き慣れているというか、書きすぎて、暗記してきたスピーチみたいにそつがなく、心もない。そう感じるのは当事者だからか。——琢磨が亜角のコラムを読んで考えたのは、そういうことだった。内容そのものより、その外殻ばかり気になった。防衛している？まさか。そんなことまで含めて考え自嘲した笑みを浮かべるが、そんな笑みを浮かべている自分の様子まで、どこか外側から眺めたような気持ちでいる。

今は十八歳、高校三年生になっていることでしょう。などと、被害者の現在に思いを馳せるのであれば「私が切ったあの髪は、まだ生えているのでしょうか。それとも……」くらい書いてほしかった。

椅子に座ったまま体をひねって半身で後ろを向き、ベッドの上に亜角のコラムが掲載された雑誌を投げた。〈特集　髪なし時代に生き残る本物の大学ランキング〉が気になって買ったビジネス誌だったが、特集は大学別の就職率ランキングとキャンパス敷地の広さを比較しただけの、なにを指して本物と言っているのか分からない内容でつまらなかった。

雑誌を投げた先には、みどり髪の会の冊子が開かれて置いてある。中学生の時に希春に誘われて行った夏祭りで渡されたパンフレットだった。会場で配られていたのを受け取り、出店の紹介のページ以外開かないまま、帰宅してすぐその辺に放り投げ、そのうちに本棚に並べている教科書と参考書の間に差し込んだ。背表紙もない数ページの薄い冊子は、本棚で存在を主張することなく隠れ続けていた。学年が上がり教科書が変わるごとに琢磨に発見され、その都度、ページが開かれるわけでもなくただ新しい教科書と教科書の間に差し込んで引き継がれた。それは単に、希春との初めてのデートの記念という意味だけだった。希春の親戚のお姉さんたちが一緒ではあったけれど、希春と休日に祭りに一緒に出かけた、それは琢磨にとって大切な事実だった。あの頃はまだ付き合っていなかった。中学生の間に一緒に祭りのようなイベントへ出かけたのも、あの一度きりだけだった。

表紙に印字された祭りの名前と会場だったパチンコ屋の店名が入った広告、日付を眺めるためだけに引き継がれていた冊子だったが、教科書を勢いよく引き抜いた時につられて床に落ち、たまたまページが開いた、そこに亜角の書いた話が載っていた。琢磨が拾い上げた時に「髪を切られ」という文字が目に入り、ふと意識が引っ張られて読んだのだった。その時琢磨は高校生になっていた。希春とはあの夏祭りの後交際を始めたが、四か月後にぎくしゃくして別れ、高校生になってからもう一度付き合うことになり二年が経つ。琢磨は、希春が亜角の書いたものを読んでないといいけど、と思った。

インターネットで亜角の名前を検索する。新作小説の紹介、そのインタビュー、都内の大学で行われた講演会、本屋でのサイン会、読者がＳＮＳにあげた小説の感想、亜角が起こした事件とその後の経緯について、といった記事がヒットするが、ひとつも開かずに検索ページをどんどん捲っていく。ページが推移して、一番下までスクロール、「次のページへ」をクリック。その動作を惰性で続けながら、何万ページにも亘って続く、亜角の情報を拾って行く。

〈はげは万人が抱える疵だ——亜角修一講演会〉〈亜角の凶行に晒された少年は今どこに〉——そんな記事も目に入るが、どうせろくなことが書かれていないだろうし、記事本文ではなくても、たとえばコメントなんかで〈公園で目を離していた父親が悪い〉などという見当違いな書き込みを目にするのも嫌だった。ましてや〈被害少年には悪いけど、今の亜角があるのはあの事件での反省のおかげだから、結果として良かったなって思う〉などというのがあったら、後々まで何度も思い出して胸糞悪くなるに違いなかった。それらのコメントは琢磨が実際に目にしたものではなくて、ただの想像でしかないのだけれど、琢磨は自分が想像できるようなことは全て現実に起こっているに違いないと信じてもいた。

亜角の凶行に晒された少年は今、まだはげていないよ。琢磨は頭の中で検索画面に対して答える。高三の秋、三十五人いるクラスメートのうちまだはげていないのは三人だけで、琢磨がはげていないのはちんこがないからじゃないかと同級生に言われている。だから、切られたのは髪だって。笑って言い返せば相手も笑う。それにまだ他にも二人生えてるやつがいるよ、と言い返すのだけど、あいつらは近いうちにはげるよと興味なげに一蹴される。彼らのトーンがからかいや嘲笑ではなく真剣にそう思っている、同情と羨望が半々の声の色をしていて、琢磨は自分だけジョークのトーンでおどけて返すのがばかばかしくなるが、真剣に受け取ることもできない。

そうかもしれない、おれは一生はげないのかもしれない、と言えばいいのか。ネットで読んだ話だけど、実際に自分の子どもがはげるのが嫌で去勢させた親がいるらしくて、でもその子どもは他の人と同じようにはげたって。考えてみれば当たり前だよな、女だってはげてるんだから。と、そんな説明をすればいいのか。

それは、どんなトーンで。悩んでいるふうか、それとも自信ありげにか。どっちにも虫唾が走る。琢磨はむかしよりも寡黙になった。あはは、と声に出して笑って受け流し、頭の中で自問自答を繰り返す。人と話さなくても、自分の頭の中で別の人格を想定して問答すればそれで事足りた。みんなが意外性のないことばかり言うのは、髪がないからだろうか。

机の上に出していたスマホが振動した。希春からメッセージが届いていた。

〈勉強飽きた！　遊びに行こ〉

いいよ、と返す。画面が自動で暗くなるのより早く、希春から三十分後に駅前、と返信が届く。スタンプだけで返して画面を消した。

自転車で駅前へ行くと、希春がコンビニの駐車場に停めた自転車の上にまたがって、琢磨を待っていた。目が合い、手を振り合う。

高校に入った頃から希春は髪をずっと伸ばしていて、今は腰の辺りまでの長さがあった。中学の時とは違い、染めるのもパーマをかけるのも止めていて、栗色がかったまっすぐな黒髪の希春は、以前より幼く見えることがある。抜けたらその髪でお守りを作るのだと話していた。琢磨も一緒にお守りの工房を見に行った。抜け落ちた自分の髪を結いあげて和刺繡のお守り袋に入れるのだ。お守り袋は片手に乗る巾着袋のような形をしていて、持ち歩くのではなく、仏壇や神棚に置く人が多かった。お守りに入れる髪は、短くても染めていても良かったけれど、希春は生まれた時のままの髪を入れたいと言って、そうしていた。

「どうする、マックで勉強する？」

提案してみたが、勉強はもう嫌だ、と却下される。

「隣町のショッピングモールに行きたい」

「いいけど。電車？」

「ううん。自転車で、行ける」

片道三十分くらいだろうか。坂道も下り坂もない平坦な道なので、疲れはするが行けなくはない。大通りを避け、住宅街の間の細い道を自転車で並んで走った。

「なにかあるの、そこに」

「よく当たる占い師がいるんだって」

「占いに行くの」

驚いて声が大きくなる。希春の方に顔を向け、すぐまた前を向く。一瞬見た希春は腰まである長い髪をばさばさ風になびかせていた。そういうサインみたいだ、と思う。旗とか。

ショッピングモールの地下駐車場に自転車を停めた。蛍光灯がついているのに薄暗く感じるのは、死角が多いからだろうか。かび臭いにおいが嫌ではなくて、つい深く息を吸ってしまう。ゾンビが出そう、と希春が楽し気に言い、ゾンビが乗り込んで来たら逃げ場がないね、と笑いながらエレベーターに乗り込んだ。最上階のレストラン街まで上がる。

「居酒屋の中で占いもしてるんだって」

「おれら、居酒屋入っていいの」

「お酒飲むわけじゃないからいいんじゃない。マユとかも行ってたよ」

希春は何度かスマホを見て「えーと、こっち」と確認した。付いて行った先には和風の装飾がされた店があって、のれんの上の看板には「居酒屋　円」と書かれていた。

すこし緊張する。居酒屋にはあんまり入ったことがない。みどり湯に併設されている居酒屋に、家族で晩ご飯を食べに行ったことがあるくらい。そこは温泉の湯上りどころと同じフロアにあって、明るかった。ここはほんのり暗い。明かりをわざと足していない感じの暗さだった。まだ昼の三時だが営業している。

のれんをくぐると、カウンターに女性スタッフが立っていた。希春が「占いの人ですか」と尋ねると、頷いた。二十代半ばに見えるその人は、長い金髪を背中に垂らしている。

「占い、二人一緒にお願いします。占いはわたしだけでいいです。彼は付き添いで」

希春の言葉に頷いた占い師は、小上がりの席を指した。希春が奥に、琢磨はその隣に座る。希春が琢磨の耳元に顔を寄せて、「占いやっててよかった。やってたりやってなかったりするらしいから、ラッキー」と、うれしそうにささやいた。占い師はお茶を持って戻ってきて、希春の前に座った。付き添いだけど、琢磨にもお茶をくれた。

「なにを占いましょうか」

占い師が希春に向かって問う。麦茶は出してくれたけれど、琢磨がそこにいないみたいな様子だった。希春だけに向かって、希春に届くのにちょうどいい声量でしゃべる。そういえば希春は何を占ってほしいんだろう、と琢磨が横目で見ると、

「彼との将来について」

と言うのでぎょっとする。思わず「えっいや」と声が出る。「いや?」ととげのある声で返され、「そうじゃなくて」と訂正しようとしたが黙った。そんなことを占うんだったら、女友だちと来てほしかった。

ううん、と占い師が唸る。唸るってことはまずい未来が見えているのか、と焦る。希春は黙って占い師を見つめていた。

「ちょっと、待ってくださいね、難しくて。わたし、恋愛の占いがあまり得意じゃないので……でも、ああ、出ました。希春さん次第、ですね」

占い師が眉間のしわを解いて平常の顔に戻り、そう告げた。

「どういうことですか」

「彼氏さんから気持ちが離れることはないってことです。離れるとしたら希春さんの方の気持ち。希春さんの気持ちが離れなければ、ずっと一緒にいるんじゃないですか。それこそ結婚とかもするかも」

変な話だけど、それを聞いた時に琢磨はこの占い師はほんものだと思った。ほんものの占い結果が出たというよりは、占いの真偽に関係なく、この人はほんとうのことを言っている、という感じがした。急に喉が渇いたけれど、コップの麦茶はもう空だった。希春の方はまだ残っていて、もらっちゃだめだろうか、と彼女の横顔を見るが、占い師を凝視するばかりでこちらを向いてくれない。

「わたし、占うのは髪のことが一番得意なんですよ。だからこれはおまけです。恋占いの過程で一緒に見えたので」

そう前置きすると、占い師は顔をほんのわずかに琢磨の方に向けた。それでも顔の八割は希春に向かっているし、両方の目も希春に向けられていたけれど、琢磨は自分にも何か言われる気配を感じて身構える。

「希春さんは、後半年ではげます」

はっとして希春を見る。希春は自分の髪に手を伸ばして触れ、そうですか、とつぶやいた。希春のクラスでまだはげていないのは五人だけだと聞いている。希春はむしろ遅い方だから、半年後にはげると言われても驚くことではない。それでもショックは受けているようで、希春の視線がすっと下がった。「それから」と占い師が続ける。

「彼の方は、はげません。ずっと。何歳になっても、このままです」

希春がこちらを見ないままで息を吐いた。いつから溜めていたのだろうと思うくらい、長い息だった。吐き切って、言った。だけどわたし次第なんですか。占い師が頷くのを見て、希春がようやく琢磨の顔を見る。

「髪が残る方が選ばれる側なんて、変だね」

琢磨はなんと返せばいいか分からず「占いだろ」と占い師の前で言うには失礼な言葉を吐き、怒っている顔を作って見せた。それに自分次第だと言われた者はもう、純粋な選ぶ側ではいられない、とこれは思うだけで口には出さなかった。

○

朝、母が出かける前に「あちゃ」とつぶやいたのが聞こえた。琢磨に向かって言ったわけではなく、固定電話の前の壁を見つめながらもらした声で、琢磨に聞かれているという意識もなかったのだろう。その後は何でもないように、台所にまわって食洗器のスイッチを入れると、「夕飯までには帰るから」と言い残して出かけた。玄関の扉が閉まった音を聞き届けてから、母が見ていた壁を確認すると、みどり湯のサービス券がマスキングテープで貼ってあった。有効期限が今日までになっている。使えなくてもったいない、という意味の「あちゃ」だったのだと思う。

なんとなく手を伸ばして、壁からはぎ取った。手に持って見ると、この紙を差し出すと温泉に入れるというのが不思議に魅力的に感じられて、行くか、と一人で声に出していた。母がいないうちに、とも思った。

母は最近よく出かける。夜には帰って来る。どこで何をしているのかと聞いたことはない。新しくはないものの持っている服の中では小ぎれいな方の服を着て、けれど化粧はいつもと変わらずあっさりとし、ただウィッグだけは必ずかぶっていく。母はそうして、父に会っているんじゃないだろうか。十年という時間が流れたのは、琢磨だけではない。母にも父にも同じだけ、あるいは大人である分もうすこし早く流れたのかもしれない。

カウンターでサービス券を出すと、四十歳か五十歳くらいの女の人が琢磨の頭にちらりと目を遣って、個包装のシャンプーとコンディショナーをくれた。女の人ははげていいて、ウィッグもかぶっていなかったけれど、口紅だけが真っ赤で目立っていた。

初めて入るみどり湯は、なかなか良かった。

洗い場で体をざっと洗って、内湯の大浴場に浸かる。脱衣所から洗い場へ、そして洗い場から大浴場へ移動する間、琢磨の股間に注意を向ける者はいなかった。当たり前といえばそうなのだけれど、十数人の姿がある男湯の中で、髪が生えているのは琢磨一人だけだった。すれ違う誰もが琢磨の頭の上で団子型にまとめられた髪をぎょっとした目で見て、通り過ぎると、離れた場所から遠慮がちにちらちらと、あるいは湯気に紛れているつもりなのか無遠慮にまっすぐ見た。

風呂に浸かると、それまで腹から股間の辺りに垂らしていたタオルを頭に巻き付けたので、ようやく視線がなくなり人心地つく。湯の中で手足を伸ばすと、ゆるんだ尻の間に湯が割って入った。皮膚の表面がほどけていく感覚がする。これはなるほど、母が日を置かずに通うのも分かる。唇の下側が湯に浸からないぎりぎりのところまで体を沈める。首の後ろ側から髪を伝って後頭部まで、毛の奥に湯が染み入る感触がした。体の力を抜いて腕や脚を浮くに任せ、目だけで辺りを見渡した。

はだかはだかはだか。はだかがたくさん。けれど、男の体にはなんと毛の多いことか。胸にも股間にも手足にも黒々と毛が生えている。こんなに生えているのなら、頭にだけないからって、どうってことはない。そんな気持ちになるが、自分には髪が生えているのでそう構えていられるだけかもしれない。

――はげません、ずっと。何歳になっても、このままです。

占い師に言われた言葉を思い出す。希春とは占いに行った後も普通に仲良くしていて、これまでと変わらないと思うけれど、琢磨は希春と会う度に、頭の中でうっすらと占いのことを考えるようになっていた。希春の長い髪の毛がさらさらと風になびくのを見ると、少し泣きそうな気分にもなる。

一昨日会った時に、希春は「もうすぐはげると思うの」と言った。二人の関係が希春次第というのは、愛情と呼ばれる二人の気持ちの問題と、おれの髪がこれからもあるかもしれないことと、どっちに係わってくるんだろう。考えて、湯の中で体を伸ばす。

この間、希春の家で顔を合わせた彼女の父親に、「おれも一回くらい、髪を伸ばしてみたかったな。大人になっても髪があった時代は、男で髪を長くする人は少なかったから。おれもいつも短く切ってたんだけど、こう、自分の髪が肩とか腹の辺りに当たるっていうのは、どういう感じがするんだろうな」と言われた。琢磨の髪は中学の頃より伸びて、胸の上辺りまである。

なんとなく、希春の父親ははげてしまわなくてもロングヘアにすることなんて一生なかったんじゃないか、なんて思ってしまうけれど、自分で選択してそうしないこととできないことは全く違うと、琢磨だって分かる。いいよなおまえは髪があって！激高した声。それはまだ聞いたことがない。けれどこれから間違いなく、いつか絶対耳にする、髪をなくしたたくさんの人たちの怨嗟の声になるだろう。

みんなはげてるんだからおれもはげたかったな、と考えてすぐに、それってあんまり本気で思ってないな、と琢磨は自分の気持ちを見つめた。はげたいは嘘だけど、みんなと違うのが嫌なのはほんとうだ。人と違って目立つと、なにをされるか分からないから、こわい。誰かの暴力のしるしとしておれの髪が切られることが、二度と起こらないなんて、誰にも言えないだろう。

浮いた右腕が伸びた先に、ウィッグ用らしい髪が一本抜けて浮いている。風呂に入る時はみんなはげなのにどうしてこんなところに毛が浮くのか。体に付いていたのが落ちたのかもしれない。天井近くの窓から入る太陽光で照らされた湯が、気泡を抱いてきらめいているところに、消し忘れの補助線みたいに浮いているその一本が嫌で、波立ててあっちへやろうとするが、ふと思いついて止める。自分の頭に手を伸ばして一本、毛を抜く。ぴりっとした痛みが一瞬走り、すぐになくなる。抜いたそれを、ウィッグの一本と並べて浮かせてみた。琢磨の髪の方がすこしだけ短い。浮かせてすぐ、琢磨の髪は水の形に沿ってふねふねとうねった。ウィッグの抜け毛はずっとまっすぐのままだった。にせものの方が上等ということもあるな、と琢磨は思った。

○

オムレツが美味しいと評判のスペイン料理屋で、テラが韓国旅行のおみやげに、マスカラ二本と眉ペンをくれた。マスカラはファイバー入りでふさふさになるのと、ラメ入りできらきらするやつだった。眉ペンは夏の海みたいな爽やかな青色で「こんな派手なの使えないよ」と真智加が笑いながら受け取ると、テラはまじまじと真智加の眉毛を見つめて、「いっつも黒か茶色じゃん。せっかく半分生えてなくていろんな形に描きやすいんだから、色もいっぱい使えばいいのに」と不満げにつぶやいた。

真智加はすっと息を止める。最後に眉毛のない姿をテラに見せたのは、もう十年以上前のはずだ。大学進学以降、真智加はアイライナーやチークを塗らない日があっても、眉毛だけは毎日欠かさずに描いていた。通学だけで汗をかくような暑い日は、生理用品を入れているポーチに眉ペンを隠し持ち、トイレで描き足した。バイトや仕事で帰りが遅くなった時も気を付けていたし、飲み会で酔っ払ったとしても、トイレに立って鏡を見る度に眉毛が消えていないか確認した。普段はもう自覚すらしていない習慣だった。でも、だけど、それでも足りていなかったのだ。

大きなもので上からすっぽり覆われたみたいに、視界が暗くなる。真智加は絶対に顔には出すものか、と思いながら頭の中では頭蓋骨のやわらかいところを探り当ててぶち抜いてやりたいという勢いで、自分をがんがん蹴り飛ばしている。テラは、これまでもずっと自分の眉毛が薄いことを覚えていたんだろうか。それとも、眉毛が半分生えてないなんて分からないくらい隙がなく描けていると思っていたのは自分だけで、他人から見たら、ないものをあるみたいに隠しているのなんて、ばればれなんだろうか。ずっとそう思われていたんだろうか。

「似合うかな」

と言ってみる。テラはスマホをいじったまま首を傾げる。

「似合うかは分かんないけど、描いてみたらいいじゃん」

うん、と頷き、テラと目を合わせたくなくて、眉ペンのボディに小さい字で書かれた説明書きをじっと見る。韓国語なので当然読めない。

「旅行の写真見せてよ」

テラが写真フォルダを開いてスマホを渡す。画面をスクロールしていく。

「焼肉食べてる。いいな。どこが一番良かった？」

テラとチセがサンチュで巻いた肉を口に咥えた写真を見ながら尋ねる。チセは高校の同級生で、テラと仲がいい。真智加も会えば話はするけれど、お互いに遠慮とよそよそしさがぬぐえないので、三人で遊ぶことはあんまりない。二年前にテラと遊んでいた時、偶然会ったチセと三人でカフェでお茶をした、あれが直接会った最後だった。テラからチセの近況をよく聞いているし、逆もまたしかりなのだろうから、親しくはないけどよく知っている。

しばらく焼肉の写真が続いたので、どんどん画面を進めていく。焼肉を食べて、コスメや雑貨を買って、韓国茶のおしゃれなカフェに行って、と旅行らしい写真が続いていたかと思うと、急に白い無機質な部屋の写真が表示された。チセがクリーム色で丈の長い前開きのパジャマみたいな服を着て写っている。しかもウィッグをかぶっていない。次の写真を見る。同じ場所、同じ格好で、今度はチセをアップで撮っていた。はげのままで、チセがほほ笑んで写っているが、それは「笑って」と言われて笑った顔のように見えた。つらそうというわけではないが、笑いたくて笑っているというよりは、笑顔で写らなければならないと思っているような顔。

「なにこれ。どこ？　これも韓国？」

テラに画面を見せる。

「病院。韓国経由で行ったの。日本からは直行便がなかったから。まあわたしは付き添いだけど」

「もしかして、チセ、整形したの?」

思いついて尋ねるが、テラは「違う違う」と手を振った。

「髪の毛を生やしに行ったの」

「生やしに」

「そう。若い、まだ髪が生えている人の頭皮を移植して」

「誰の」

「それを売ってる人がいるんだよ、外国に。日本だと、はげ治療では自分の皮膚の移植しかできない。他人のだと拒絶反応とかもあるし。それに髪が生えてるのって子どもでしょう。日本じゃ、子どもに頭皮を売らせたりしないからね」

画面をスワイプする。次の写真のチセは頭に包帯を巻いていた。ベッドに座って、下半身には布団をかけている。顔色が悪かった。手術後の姿なんて撮られたくないだろうと思った。ベッドサイドに水のペットボトルが置いてあった。日本では見たことがないラベルの水だった。

カラン、と音がして顔を上げる。テラがマドラーでグラスに浮かんだレモンを混ぜていた。目が合う。合法だよ、と言われる。真智加は画面を消して、スマホをテラに返した。

オムレツが運ばれてきた。黄色のドームをスプーンで崩して食べていく。バターの乳くさいのがおいしい。ふと、みんながはげ始めた頃、原因究明がなかなか進まず、テレビやネットであの食べ物が髪に悪いんじゃないかと、嗜好品が順繰りにやり玉に挙げられた時期があったことを思い出した。

アルコール、コーヒー、カレー、チョコレート、天ぷらやとんかつといった揚げ物。その流れの中で、みんながバターを避けた時期も確かにあった。テラがおみやげでもらったという神戸のフィナンシエを、「これあげる」と真智加に押し付けた。気だるい空気が溜まった大学のラウンジ。夕方と夜の間くらいだった。教養の授業が同じだった五人か六人か、女子ばかりで集まっていた。その場にいた誰もまだはげていなかった。フィナンシェ、あれは誰がくれたおみやげだったんだろう。真智加は結局自分のとテラのと二つ食べた。バターもチョコレートもカレーも気にせず食べた。みんな食べればいいいと思っていた。みんなはげるんだから。どうせはげるんだから。原因究明を進めている、研究チームが立ち上がって、諸外国と連携、そんな情報を耳にする度に不安な気持ちになった。まだ止まらないで。わたしの周りの人たちがみんなはげてしまうまで終わらないで。

原因は分からないまま、はげはあっと言う間に広がっていった。感染した、という言葉が使われたけれど、感染症だと特定されたわけではない。病原体が発見されていないから。ただはげていった。そのうち大人はみんなはげてしまって、もういいや原因なんてという空気になった。研究チームは残ったかもしれないが、資金援助は得られなかっただろうと思う。その資金は、なくなった髪を生やすための研究にまわされた。

テラがオムレツをすくって食べる。大きめのスプーンに合わせて、口を大きく開く。喉の奥が見えた。目まで大きく開いている。目と一緒に眉毛も上がる。眉毛が上がった先、テラの頭にはイレズミが入っている。一面墨色で、むかしの少年漫画に出てくる、野球部の坊主頭みたいに見える。坊主頭のイレズミの上にウィッグをかぶる日もあるし、かぶらない日もある。テーブルを挟んだくらいの至近距離だとそれがイレズミだと分かるけれど、さっきトイレから戻ってくる時に数メートル離れた場所から見たテラは、坊主頭に見えた。

一年前にテラから、イレズミを入れようと思ってる、という相談を受けた。

「でもこわい。すごく痛いらしい」

「そういうのって麻酔を打ってやるんじゃないの」

「麻酔が切れた後も痛いらしい」

じゃあ止めとけば。ウィッグもあるし、タトゥーシールもあるし、はげてる人とはげてない人がいた頃は、坊主頭のイレズミも男性には一定の需要があったらしいけど、髪が生えているように見えるだけで生えてはいないし、おしゃれではないし、それって今みんながはげてるこの世界では、なんだか、もったいないよ。真智加はそう思っていたけれど、もちろん口に出して言うことはできなかった。真智加には髪が生えていたから。

テラがイレズミを入れたのは、横浜駅近くにある彫師の店で、真智加は付いて行かなかったけれど、テラから〈今からイレズミ入れてきまーす〉とメッセージが来たので、返信するのではなく電話して、

「イレズミ入れる前に、はげの写真送ってよ」

と頼んだ。テラは「やだよ。これまで散々見てきたじゃん」としぶったけれど、電話を切った数十分後に〈店ついた〉というメッセージに、はげのままの写真が添付されていた。自分で撮ったらしく、右腕が前に伸びて見切れている。はげ頭の後ろに「イレズミ・結」と毛筆でかかれた看板が掲げられた店が写っていた。

真智加はその写真をたっぷりと眺めた。人差し指と親指でテラの頭の部分を押し広げるように触れ、画像を拡大してさらに見つめた。こなれた角度で太陽が反射しないように撮っているけれど、頭の輝き方で今日の横浜はいい天気だと分かる。広げて離した人差し指と親指をきゅっと近付けて画面の縮尺を戻す。テラの笑顔が戻ってきた。それをもうすこしだけ見つめて、それからスマホの写真フォルダに保存した。

その写真を、真智加は今でも時々見ている。二週間に一回とかそのくらいのペースで見る。テラと遊んだ帰りの電車で見る。夜中に目が覚めて寝直そうとするけどうまくいかなくてトイレに行って、戻ってきてもう一度寝ようとする前に手を伸ばしたスマホで見る。それぞれはほんの数秒。写真を見るというよりは、写真がそこに保存されているのを確認する、くらいのスピードで表示しては画面を消す。友だちでいるために。真智加は、そんなふうに思う。

わたしには髪がある。髪があるのに、髪がないことにずっと囚われている。しんどい。しんどいから、自分で自分の髪をなでる。指のまたの間をさらさらと髪が流れるのが気持ちいい。うっとりする。うっとりは、鼻から深く吸い込んだ息が外の温度を保ったまま肺まで届き、それがため息にならずに体に溜まった時の感覚がする。

ごちそうさま。テラがスプーンを置いた。前かがみになっていた頭があがる。店の照明が、テラのイレズミに吸われていた。はげだった時は光っていた。ぴかぴか光るんじゃなくて、頭を動かした時ふいに角度で光った。イレズミは光らないで吸う。それが良くて彫ったのかもしれない。

ふと、まだ髪が生えていた頃に観に行った演劇の舞台で、マクベスの妻役の女性が坊主にしていたのを思い出した。あの頃は女性ではげている人は珍しかったから、女性の坊主頭を生で見たこともなく、衝撃を受けた。はげなのにドレスはセクシーで、顔にも美しく化粧を施していて、そのアンバランスさがすてきだと思ったのだった。あれをアンバランスだと思う感覚が、今の世界からは失われているけれど、光を吸収するテラの頭は、アンバランスでセクシーだと感じた。アンバランス。何がだろう。なにかバランスが合わないで、崩れている。

テラが鞄から蛍光オレンジ色のシートに入った錠剤を取り出して、すこしだけ残っていたレモンサワーで飲んだ。

「それ、まだ飲んでたの」

真智加が机に置かれた蛍光オレンジのシートを見つめる。一錠分に切り取られている。文字は何も書かれていない。薬名も一回何錠飲むのかも。テラは頷いて、レモンサワーのグラスから垂れた水滴を拭いた紙ナプキンで、空になった蛍光オレンジのシートを包んでくしゃくしゃにした。テーブルの脇に転がす。

「行こ」とテラが鞄を持って立ち上がる。真智加は黙って付いて行く。エスカレーターで一階へ下りる時、前に乗ったテラの頭が真智加の目の前にきた。イレズミは近くでみると点々と打たれた青い粒だった。触ってみたかったが、手は伸ばさない。テラは無防備に頭をさらしたまま、クリスマス限定の新作ウィッグが欲しいと話している。テラははげた後も、ウィッグをしていない日でも、エスカレーターの前に乗るか後ろに乗るか意識しないで過ごしている。

同じ電車に乗って帰る。テラが先に降りて、真智加はもう一駅先まで乗る。次の駅までのほんの四分くらいの間、じっと窓の外を見る。遠くにある看板がずっと正面にあるように見える。テラが飲み続けているあの薬。蛍光オレンジのシートに入った錠剤。それを飲んでも髪が生えてくることはないって、あんなの占い師の、あるいはその後ろにいるグループの、ただの金もうけの手段なんだって、真智加はテラに言えない。中学生の時にドラッグストアで買っていた育毛剤のことを思い出す。白いボトルに描かれた紫の花の絵と、葉っぱのような独特の匂いも。そんなの意味ないよって言われても困る。だってそんなことは分かっている。テラとはもう友だちでいられないのかもしれないと気付いて、真智加はとてもこわい。こわくて仕方がない。さみしくて仕方がない、ではないのが、たまらなくかなしい。

みんながはげていなかった頃、わたしの髪が薄いって思っていない知り合いはいなかったと思う。まだみんなに髪があるのが当たり前の世界で、わたしはちょっとかわいそうな存在だった——真智加は、テラとどうして友だちでいるのだろう、と考える。ほかの仕方で友情を継続できなかったかということを。髪のことをなにも言われなくても、なにか思われてるんだろうなってテラの内心を推し量ってしまっただろうし、髪のことを気にしなくていい、普通だよ、全然。そんなふうに言われても信じられなかっただろうし、そういうことを言っていい人に思われたいだけにちがいないと、汚い人間認定してしまって苦しかっただろう。だから結局、はげてるよねやばいよねと言って、でも笑ってくるわけではないテラ、今のテラとしか関係は築けなかった。

テラとはいつまで友だちでいられるだろうか。自分にではなくテラにほんものの髪が生えてきたのだったら、良かったのだろうか。人を殴るより殴られる方がいい。どっちも殴らないし殴られない関係が築けないのであれば。

髪があるとかないとかいうだけで、こんなふうにしんどいのはばかばかしい。ばかばかしいけど、ばかばかしいこと抜きでどうやって人と関係を結んでいくのか、その方法も分からない。

髪は今、胸元まである。短い時はネットにしまって、その上からウィッグをつけるのも容易だったけれど、こうも長いと上から別のウィッグをつける処理をするのも手間で、ほとんどの日を地毛で過ごしている。「最近いつもそのウィッグだね」と、職場でかけられた声の中に、訝しげな響きがないか探ってしまう。

髪はむかしからこんなにまっすぐだっただろうか。染めてもいないパーマもしていない髪はただまっすぐ体に沿って下に向かっている。頭がかゆくてがしがし爪を立てて掻く。はげの上にウィッグをつけていた時は、かゆみとその動作に無自覚のまま腕を上にあげて、でも指先が頭に触れるほんの一瞬前に、そうだほんものの髪じゃないんだと思い出し、人差し指を一関節分引くような動きをして、それからそっと頭に指をのせて優しく掻いていた。そのことを、時々思い出す。

○

みどり湯に入る時には、地毛をネットでくるんで、その上から水泳帽をかぶり、さらに頭をタオルで包んでいる。髪が伸びた分手間がかかる。頭をタオルで包んでいる人は他にもいるし、みんながはげて以降、着水しないのであれば温浴施設で水泳帽は使用可能になったから、真智加がそれで特別に目立つということはないけれど、使っている人は多くないし、準備が面倒だし頭が洗えないので、みどり湯に行く回数も減った。それでも、時々むしょうに広いお風呂で手足を伸ばしたくなって、今日のように平日に休みが取れたら来てしまう。

脱衣所で体を拭いてTシャツに綿のズボンを穿く。さっと辺りを見渡して、誰も真智加に注意を向けていないことを確認し、水泳帽を外す。土日より空いているとはいえ、人の目が気になる。開けたロッカーの扉に隠れるように前かがみになって、ネットに包んだまま髪を上から拭く。むれた汗が気持ち悪くて、やっぱり髪まで洗いたいと思う。上から茶色のショートヘアのウィッグをかぶった。

湯上りどころの自販機でオロナミンシーを買って飲む。いつもは牛乳や水にするのに、今は炭酸飲料が飲みたくて仕方なかった。疲れているのかもしれない、残業が続いたから、と首を左右に曲げたり肩をまわしたりしていると、マッサージ屋のメニュー表が目に入った。二十分、三十分、四十分、六十分と時間ごとの料金が書かれている板の一番上に、〈今すぐご案内できます！〉と手書きで書かれた案内が下げられていた。惹かれてふらりと近づき、「すみません」とカウンターに立つ男の人に声をかけた。

「こんにちは」

いらっしゃいませ、ではなくそう答えて迎えてくれたスタッフの男性を、真智加はどこかで見たことがある気がしたが、すぐには思い出せず、男性の方も真智加の顔を見ても何も言わなかった。

「三十分のコースを、今からお願いできますか」

「大丈夫ですよ。こちらへどうぞ」

手のひらで指された方へ向かう。白い仕切りの向こう側に、病院の診察室にあるような狭くて細長い、手すりのないベッドが置いてあった。クリーム色のふかふかして見えるタオルが敷かれている。

「着替えもありますが、服はそのままで大丈夫ですか」

真智加は自分の着ているTシャツと綿のズボンを見下ろして頷く。パジャマにもしている部屋着だった。仕事帰りのぱりっとした服で来た人は着替えて施術を受けるのだろうけれど、このゆったりした部屋着は着替える必要もない。

「ではうつぶせで寝てください」

と言われて従う。顔があたる部分にバスタオルで作ったドーナツ型のクッションが当てられた。目と鼻が真ん中の穴にはまり、呼吸ができる。手を顔の左右に置いて、じっとしていた。

「どの辺りが特におつらいとか、ありますか」

問われて、首から上だけ動かして顔をあげる。

「肩こりが。でも、全体的にぜんぶ、このところ仕事が忙しかったので、疲れているみたいで」

「承知いたしました。それでは全身をほぐしながら、特に肩まわりに力を入れていきますね」

よろしくお願いします、と言って顔を下に向け直そうとした時、男性の胸元に付いた名札が目に入った。〈佐島〉と書かれていた。直後に、

「それではこれから三十分、施術はわたくし佐島が担当いたします。よろしくお願いします」

と自身でも名乗った。それで思い出した。この人は、すこしの間だけテラと付き合っていた、あの佐島さんだ。一度だけ駅前の喫茶店で会ったことがある。猫背で、線のほそい、自分はむかしからはげていたから、みんながはげなければテラと付き合えることもなかっただろうと言った人だ。

ぐっぐっ、と体が押される。足の裏から脚を上にのぼりながら、腰、背中、肩まで押されていく。ほんとうだ、だいぶお疲れみたいですね、かちこちだ。そんなふうに言われる。

佐島の両手の移動が真智加の右肩から右腕に差し掛かった時、佐島がわずかに動きを止めた。Tシャツの袖の辺りをつままれた感触がする。そしてまたすぐに体中をほぐしていく動きに戻った。

タイマーが鳴って、体を起こす。ベッドサイドから両脚を垂らして座り、その姿勢で仕上げをしてもらう。ぱんっぱんっと音を立てて肩を叩かれ、腹に力が入る。「終わりです」と促されて首を左右に振ってみると、なるほど施術前より軽い。

「きもちよかった。ありがとうございます」

会計をしようと、立ち上がってカウンターの方へ進むが、佐島がベッドの前から動かない。こちらを見ているので、もしかしてテラの友だちだって思い出したのだろうかと思い、数歩進んでいたのを戻る。テラは元気ですよ、とそう声をかけようとした時、佐島がすっと右手を差し出し、開いて見せた。そこには髪が一本、載っていた。黒くて長いまっすぐな髪の毛が一本。真智加の髪だった。

「服に付いてました。これ、ほんものの、髪ですよね」

慎重な声だった。施術中の明るい膜が張った専門家の声ではない。ほぐれた体をかためようとする声。

「返してください」

真智加が手を伸ばして、佐島の手のひらに載っている髪をつまんだ。その指を手のひらの中に押し込むようにして、手を強く握った。佐島が、ウィッグをかぶった真智加の頭を見る。

「施術前にウィッグを外さないのかな、と思ったんです。うつ伏せだし、ヘッドマッサージはないからそのままでも問題ないですけど、リラックスするために。そもそも風呂に入った後はかぶらないで帰る人も多いし。とはいえ、人それぞれだから、別にいいんですけど、でも、あなたがそれを脱がなかったのは、その下にほんものの髪があるからだ」

佐島が喉を鳴らして唾を飲み込んだ。

「あなたは髪が生えている。ほんものの髪が。そうですね」

真智加がどう答えるべきか迷っていると、佐島が一歩うしろに引いた。

「さっき思い出しましたけど、あなた、テラさんのお友だちでしょう。一度だけ会ったことがある。あの時は、ウィッグをかぶっていましたよね。テラさんからもあなたに髪が生えているなんて話聞いたことなかった。むしろ、あなたとは小学校からの付き合いだけど昔から髪が薄くて、だからみんながはげたこの世界は居心地いいんじゃないかって、そんなふうに言っていました。私も同じことを考えていたからよく覚えています。あなたは確かにはげていたはずだ。髪がなかった。なのに今は生えている、ということは、生えてきたんでしょう。ありえない。そんなの、聞いたことがない」

佐島の声はボリュームこそ絞っていたものの、悲鳴のように真智加には響いた。

「困るんです」

困る？　と真智加は尋ね返し、佐島の目を見た。

「せっかくみんなはげたのに、生える人が出てきちゃ困るんです。はげだけでいいんだ。みんなはげていればいい。ウィッグや植毛やイレズミなんかの、にせものだけでいいんですよ。みんながそれぞれ、土台は同じで、にせものの創意工夫だけで戦う」

そうじゃないと平等じゃない。平等じゃない。佐島が言う。真智加が繰り返す。平等。そう、平等です。平等じゃないとだめだ。困る、困ります。困る……。

真智加は財布からお札を取り出して、ベッドの上に置いた。顎を引いて小さく頭を下げ、早足で白い衝立の向こう側へ出る。急にテレビの音が聞こえた気がしたけれど、それは衝立のあちら側にも聞こえていたはずだったのに、音量がゼロから一気に上げられたように感じた。自販機で水を買い、マッサージ室から離れた場所にあるソファに座って飲んだ。テレビの音、人が話す声、自販機に商品が落ちる音。はだしで歩く人たちのぺたぺたした足音。目に映るのは、湯上りの、ウィッグをかぶっていないつるんとした頭。はげばかり。はげばかりいる。

真智加はペットボトルの水を全部飲み干した。胃の中で水が鳴った。立ち上がるとお腹が重たい。でもすぐに吸収される。この水も、おしっこになったり、体をめぐったりして、わたしの体を構成していく。

頭がかゆかった。どうしても頭を洗いたいと思った。風呂場への再入場はできないので、券売機でもう一度入浴券を買った。カウンターに立つ髪のない女性スタッフに渡して脱衣所に進む。はだかになってから、カウンターでシャンプーが欲しいと申し出れば良かったと思い至ったけれど、服を着直すのが面倒で諦める。ボディソープで洗ってしまえばいい。

頭につけていた水泳帽を外す。中からほんものの髪がこぼれる。水泳帽の中に無理やり突っ込んでいたので、ぐしゃぐしゃだった。黒の髪ゴムを使って頭の後ろで団子にする。浴場に入り、洗い場でシャワーを浴びて、首から下を洗っている間にも、視線がどんどん集まってくるのが分かった。シャワーを止めて、濡れた両手で、顔にかかっていた前髪をなでつけて顔のサイドに流した。視界がクリアになる。湯気が顔にまっすぐ当たってくる。

湯舟まで歩くその間にも、ひとつ、ひとつと、真智加に向かう視線が増えていく。窓際へ寄って行って、湯に浸かった。腕を伸ばして窓枠にタオルをかける。肩まで沈んでしまうと、水面に出ているのは頭だけになって、余計に視線を集めているように感じられる。真智加は誰とも目を合わせないよう注意しながら、ざっと辺りを見渡した。湯舟の離れた場所から二人、隣のバブルバスから一人、サウナの隣にある水風呂から二人、洗い場から半身で振り返っているのが三人、通路に立ち尽くしてこちらを向いている人が二人。みんなはげている。みんなみんなはげている。

佐島はきっと、真智加の髪が生えていることをテラに話してしまうだろう。テラがそれをどんな顔で受け止めるのか、想像すると苦しかったけれど、ようやく解放されたという心地もした。次に会う時、テラと友だちでい続けたいと思っていると、そのままの言葉で伝えられるだろうか。胸の中がからっぽになった気がして、真智加は深く息を吸った。ざぶん、と沈む。

見たいのなら好きなだけ見ればいい。そう思っているはずなのに、深く潜っていた。湯の中で目をつむる。むかし、みんな髪が生えていた頃には、頭まで湯に浸かるのはマナー違反だった。顔が汚いのではない。髪が汚いから、頭は湯の外に出してなければいけなかった。今は頭の先まで浸かってもいいことになっているが、わたしはアウトだろう。許されない。だって髪が生えているから。ほんものの髪が生えているから。真智加は思う。思いながら、湯の中で息を止めている。

次に浮上する時、そしらぬ顔をしてタオルで顔を拭くか、顔を拭いたタオルで頭をくるんで髪を隠すか、どうしようかと考える。息が続く限り考えるけれど、もういくつも持たない。

◎高瀬　隼子（たかせ・じゅんこ）
一九八八年愛媛県生まれ。東京都在住。立命館大学文学部卒業。二〇一九年「犬のかたちをしているもの」で第四三回すばる文学賞を受賞しデビュー。二〇二二年「おいしいごはんが食べられますように」で第一六七回芥川賞を受賞。著書に『犬のかたちをしているもの』『水たまりで息をする』『おいしいごはんが食べられますように』『いい子のあくび』『うるさいこの音の全部』がある。

【初出】
本書は、U-NEXTオリジナル書籍として書き下ろされたものです。

め生《ば》える

二〇二四年一月六日　初版第一刷発行
二〇二四年六月一〇日　第三刷発行

◎著者＝高《たか》瀬《せ》隼《じゅん》子《こ》

◎装画＝落合晴香　◎ブックデザイン＝森敬太（合同会社飛ぶ教室）　◎編集＝寺谷栄人　◎発行者＝マイケル・ステイリー　◎発行所＝株式会社U-NEXT／〒一四一・〇〇二一　東京都品川区上大崎三・一・一　目黒セントラルスクエア／電話＝〇三・六七四一・四四二二（編集部）／〇四八・四八七・九八七八（受注専用）

◎印刷所＝シナノ印刷株式会社



ISBN:978-4-911106-11-2 C0093 定価（本体900円＋税）